一 部 由 莎 士 比 亚 遗 失 剧 作 改 编 的 戏 剧

虚虚假假

路易斯·西奥博尔德 改编

杨 林 译

西北工業大學出版社

西 安

图书在版编目（CIP）数据

虚虚假假 /杨林译. —西安：西北工业大学出版社，2021.5
ISBN 978-7-5612-7650-1

Ⅰ.①虚… Ⅱ.①杨… Ⅲ.①剧本-作品集-英国-中世纪 Ⅳ.①I561.33

中国版本图书馆CIP数据核字(2021)第102669号

XUXU JIAJIA

虚虚假假

责任编辑：万灵芝　　**策划编辑**：杨　军
责任校对：隋秀娟　　**装帧设计**：李　飞
出版发行：西北工业大学出版社
通信地址：西安市友谊西路 127 号　　**邮编**：710072
电　　话：(029) 88491757，88493844
网　　址：www.nwpup.com
印 刷 者：陕西向阳印务有限公司
开　　本：710 mm×1 000 mm　1/16
印　　张：8
字　　数：106 千字
版　　次：2021 年 5 月第 1 版　　2021 年 5 月第 1 次印刷
定　　价：39.00 元

引 言

一、莎士比亚的真实性

虽然威廉·莎士比亚（William Shakespeare）一生只读过七年书，但是他在文学上所取得的成就不仅让英国人感到自豪，也为他赢得了全世界人民的尊重。莎士比亚去世七年后，他的第一部戏剧全集出版。当时英格兰的著名诗人本·琼生（Ben Jonson）为莎士比亚戏剧集题写了一首长诗。在这首长诗中，莎士比亚被称为“时代的灵魂”“不是属于一个时代，而是属于千秋万代”，是英格兰的骄傲。他的戏剧作品情节突兀，人物刻画生动，语言洗练，是人类文学宝库中珍贵的财产。

但是，莎士比亚的真实性自19世纪以来，受到了一些学者的质疑。

第一种质疑是关于莎士比亚本人的，即人们怀疑“莎士比亚”不过是某一作家隐没真实身份的代号，因为根据莎士比亚本人的生活经历，他根本没有创作出那些伟大作品的条件。一位只受过七年教育、出生在16世纪中后期的乡下小伙子，不可能撰写出那么丰富的作品。谈天说地，纵横天文地理 ，笑看人生百态，语言生动隽永，古希腊、古罗马历史信手拈来，英格兰历史如数家珍，这一切的一切都指向对莎士比亚身份真实性的拷问。

有人说，冠有莎士比亚名字的作品实际是由一位名为爱德华·德·菲耶（Edward de Vere）的人创作的。他出生于1550年，卒于1604年，是一位贵族，承袭祖辈的封号，为十七世牛津伯爵。由于出身贵族世家，受到过良好的教育，通晓法语、意大利语、拉丁语及希腊语等语言，所以他才有可能在戏剧作品中表现出应有的外语天赋。那些以莎士比亚名字出版的戏剧作品中多处都显示出其作者通晓这些文字，特别是《亨利五世》这部剧的最后一场，几乎全部是用法语撰写的。除此之外，牛津伯爵有雄厚的经济基础在欧洲旅行，从而有能力写出有关意大利、古希腊、古罗马的戏剧。但是这种说辞说服力不足，逻辑上不能成立，具有外语能力，能够到国外旅行，不是创作的必要条件。

进而，有人在莎士比亚的作品中寻找证据。莎士比亚在1593年和1594年发表了两首长诗，分别是《维纳斯与阿都尼》和《鲁克丽斯受辱记》。这两首叙事长诗均是献给一位名为亨利·瑞斯理（Henry Wriothesley）的贵族，即南安普敦三世伯爵。瑞斯理被一些研究莎士比亚的专家认定是莎士比亚十四行诗中所提及的那位年轻貌美的男子。

1609年出版的莎士比亚的十四行诗共有154首，其中的前126首是关于一个年轻人的。在这126首十四行诗中，莎士比亚表达了一种与这位年轻人的断臂之情。如在第26首十四行诗中，莎士比亚写道：

君为吾情王，匍匐献吾信，
君德隆义高，吾愿司仆责。
修书寄情愫，望君知我心，
只是诉忠诚，不敢彰韵仄。
衷心浩博广，诗韵浅乱狂，

文薄才疏浅，无奈难成章。

愿君赐高论，我亦不彷徨，

思密情深人，赤诚袒心房。

星挂高天处，引我去远方，

星光伴我行， 洪恩如霓裳，

身披五彩衣，真爱不可挡。

君情坦荡荡，领恩情义长，

狂吼我爱你，不用君来量。

这首诗明确地表达了莎士比亚对这位男子的真挚情感。这些充满感情的诗歌就成为一些质疑莎士比亚真实身份的学者的证据。他们认为，牛津伯爵与瑞斯理在历史上具有不可隔断的交集。在历史上，牛津伯爵的岳父曾要求瑞斯理娶其女儿为妻。同时，莎士比亚十四行诗集中的前十七首诗就是叙事者劝告相好的男子娶妻生子。这些劝告就是牛津伯爵按照岳父的意思写给瑞斯理的。同时，这些质疑者认为，《哈姆雷特》剧中的某些人物的原型也是源于牛津伯爵的身边人物。在此剧中有一位大臣，名为波洛涅斯（Polonius），而牛津伯爵的岳父的别名是波洛斯（Polus）。从而，那些支持者们断言，牛津伯爵为了在文学创作中掩盖自己的真实身份，给自己编造了一个名字——莎士比亚。[①]

除此之外，伊丽莎白女王、弗朗西斯·培根等不下二十人都被猜测为莎士比亚作品的真实作者。这些猜测者以各式各样的理论来支持自己的观点。无论这些人用何种理论来证实这些观点的真实性，史料中关于莎士比亚的记载都是不可推翻的。在莎士比亚家乡的三一教堂，保留着莎士比亚

---

① Gerald G,Phelan J.The Tempest:William Shakespeare.New York:Bedford/St.Martin's,2000:3-4.

受洗的记录；在当时的出版物中有关于莎士比亚创作的评论；莎士比亚的作品中有其不经意表露的方言，如在《仲夏夜之梦》第二幕第二场中有关恶作剧的描述，剧中一位人物的语言就清楚地表明了创作者来自斯特拉特福德小镇。

对于莎士比亚的第二种质疑是关于莎士比亚作品的真实性。似乎莎士比亚很重视他的诗歌创作。在有生之年，他先后出版了几部诗集。16世纪90年代，他出版了两部叙事长诗。1609年，他又出版了十四行诗集。他对诗集进行了详细的校对，并分别委托不同的出版商出版。而对于自己创作的戏剧，他似乎并不上心。在他去世之前，他的18部戏剧均已在社会上流传。这些剧作质量粗糙，错漏百出。据说，由于莎士比亚创作的戏剧在当时受到了极大的欢迎，莎士比亚所服务的剧团出于对自己利益的保护，不让自己的剧本外泄。其他的剧团，或者是一些纸质出版商为了谋求自己的经济利益，便进行盗版，分别采用现场记录、请演员吃饭的方法，将莎士比亚的剧作进行整理。这种方式获得的剧本便存在着很多谬误。直至1616年4月莎士比亚去世，他都没有如同对待自己的诗歌作品那样，对自己创作的戏剧进行编辑整理。

1623年，也就是莎士比亚去世七年后，他的同事约翰·海明斯（John Heminges）与亨利·康德尔（Henry Condell）将莎士比亚的剧作整理出版，并声称他们编辑的莎士比亚戏剧集不同于以前在社会上流传的单行本（the Quartos），是最权威、最全面的版本。这个被后世称为第一对折本（the First Folio）的作品集收录了莎士比亚的36部剧作。《特洛伊斯与克瑞西达》虽然收录其中，但是没有罗列在目录表中。这部作品集没有收录《泰尔亲王配力克里斯》与《两个高贵的亲戚》，这两部剧被后人认定为莎士比亚的作品。这38部剧作被学术界认定为莎士比亚的戏剧经典的全部。

继第一对折本出版后，于1632年、1663年及1685年又先后有三个对折本出版，后人分别称其为第二、第三及第四对折本。特别是第三对折本，将其他的7部戏剧也收录其中。18世纪英国桂冠诗人亚历山大·蒲柏（Alexander Pope）经过仔细研究，否定了其中的6部，只认定《泰尔亲王配力克里斯》是莎士比亚本人创作的戏剧。

对于哪些剧作是莎士比亚本人创作，哪些剧作为莎士比亚与他人合作而成，还有哪些剧作为彻头彻尾的赝品，历史上研究莎士比亚的专家们争论不休，一直持续到现在。《爱德华三世》在许多权威的莎士比亚戏剧集中没有被收录，因为编辑们不认定其为莎士比亚的作品，但是河畔出版社出版的莎士比亚全集却将其收录在内。涂宾（J.J. M. Tobin）在他的导读中说："即使莎士比亚没有创作《爱德华三世》，大部分读者都认为他一定是此剧的作者。"① 他接着说，这部剧之所以没有收录进第一对折本，是因为它在英国历史上政治立场不正确。这部剧对苏格兰的历史当权者进行了毫不掩饰的嘲讽，对继承英格兰王位的苏格兰国王似乎不敬。大卫·克里斯托（David Crystal）在其编辑的《莎士比亚词汇字典》中将《爱德华三世》与莎士比亚的其他作品一道都纳入其词义诠释的词库。 其他的作品如《爱的胜利》（*Love's Labour Won*）、《虚虚假假》（*Double Falsehood*）、《托马斯·莫尔》（*Thomas Moore*）都陷入有关莎士比亚著作权的争论之中。

二、路易斯·西奥博尔德

1709年，尼克拉斯·罗威（Nicholas Rowe）对莎士比亚的戏剧作品进行了整理，推出了八开大小的莎士比亚戏剧全集。在这部全集中，他对

① Evans G B. The Riverside Shakespeare. 2nd ed. New York:Houghton Milfflin Company, 1997:1732.

第三对折本中的43部戏剧进行了编辑，并规范了拼写，矫正了一些文法不规范的诗行，添加了注释，同时还撰写了莎士比亚生平。

在他的工作基础之上，亚历山大·蒲柏于1725年推出了自己编辑的《莎士比亚戏剧集》。他对莎士比亚的成就给予了高度赞扬，他说：若哪个作家可以以创造力扬名，那就是莎士比亚。荷马本人并不能直接从自然界的泉水中汲取艺术之源，他是通过埃及人打的井及他们的河道获得的，是源于前人的经验，是通过学习前人的点点滴滴。而莎士比亚的诗歌，就是灵感，他根本不是一位模仿者，他也不是自然界用来表达的工具。若说他是自然界之声，一点也不公正，就如同说自然界是莎士比亚之声一样不公正。①

在编辑《莎士比亚戏剧集》时，蒲柏不仅对原剧进行了注释校对，而且对一些他认为不好的诗行进行了改写，他也删除了一些他认为低俗的文字。一位近代的学者在谈到蒲柏编辑的《莎士比亚戏剧集》时说：蒲柏决定对莎士比亚剧中具有冒犯性的语言及双关语进行删除，从而使莎士比亚的作品变得更加完美。他对重现“真实”的莎士比亚不感兴趣，而是十分乐意去创作一种文本，“要与18世纪的思潮吻合，表现一个18世纪认可的莎士比亚”。②

尽管蒲柏对于编辑莎士比亚的作品做出了很大贡献，但是他所做的编辑工作遭到了很多批评。蒲柏编辑的《莎士比亚戏剧集》出版一年之后遭到了一位名不见经传的小人物的批评。

路易斯·西奥博尔德（Lewis Theobald）当时是一位律师，一心想当作家，并把莎士比亚的《理查德二世》进行改编，可以看出他非常喜欢莎士比亚的戏剧。看到蒲柏编辑的《莎士比亚戏剧集》后，他发表了对蒲

---

① https://andromeda.rutgers.edu/~jlynch/Texts/pope-shakespeare.html.

② Gaba J M.Copyrighting Shakespeare:Jacob Tonson,Eighteenth Century English Copyright,and the Birth of Shakespeare Scholarship,19J.Intell.Prop.L.21(2011).

柏的批评性长文——《重现莎士比亚：暨蒲柏先生最新大作中的错误及未校订之处，一部错误百出的样本；旨在更改上述版本的错误，而且在于重现所有已出版本中莎士比亚的真实》。西奥博尔德自己编辑的《莎士比亚戏剧集》于1733年出版，并受到了普遍好评，先后重印了九次。据说英国浪漫时期的诗人都很喜欢西奥博尔德编辑的《莎士比亚戏剧集》。

1728年，西奥博尔德出版了一部声称遗失已久的莎士比亚创作的剧目《卡迪尼奥》，并据此进行了改编，将其命名为《虚虚假假，暨郁闷的情人》。但是，这部声称由莎士比亚剧作改编的作品受到了一些莎士比亚研究专家的质疑，这种质疑一直持续到现在。在出版之前，这部剧已在伦敦的剧院演出了13场，并在随后一百多年的时间里反复上演。1770年的一份报纸认定此剧是由莎士比亚的剧作改编而来的，而原作则保留在考文特花园剧院的博物馆中，非常不幸的是，1808年的一场大火将该博物馆烧成灰烬，其中的图书也未幸免。自此之后，这部剧就被涂上了神秘的色彩。

三、《虚虚假假》中的莎士比亚元素

据历史记载，莎士比亚所在的剧团在1613年5月20日支付给约翰·海明斯20英镑，请其带领他的剧团在大公府演出。在上演的戏剧名单上有一部依据西班牙作家塞万提斯的长篇小说《唐吉诃德》中的部分章节改编的剧作，题名为《卡迪尼奥》。 同年7月，海明斯又率领剧团为一位外国使节演出该剧。这部名为《虚虚假假》的剧作所讲的内容正好与上述信息吻合。西奥博尔德也声称《虚虚假假》是他自己依据莎士比亚与弗莱切尔（Fletcher）[1]共同创作的作品改编而来的。因此，可以认定《虚虚假假》是依据莎士比亚的一部晚期的戏剧改编的。但问题是，这部剧中有多少莎士比亚的元素？

《虚虚假假》的故事情节来源于《唐吉诃德》第三部的某些章节，但是剧中的人物姓名都做了更改。无论是塞万提斯撰写的《唐吉诃德》，还是莎士比亚丢失的剧作《卡迪尼奥》，或是西奥博尔德的《虚虚假假》，讲述的都是一个因爱而疯的故事。

《虚虚假假》在开幕之前，有一位演员走到幕前高声颂扬莎士比亚的成就，并声称随后开演的剧目是依据他的一部遗失的剧作改编而成的。剧中的故事发生在16世纪的西班牙。在第一幕第一场中，当地的公爵安哲鲁与大儿子罗德里克一边讨论继位的事，一边议论小儿子亨利奎兹近来的奇异举止。他的小儿子亨利奎兹，一位有名的花花公子，爱上了一位名叫莉奥诺娜的女子。她心仪的男友——朱利奥，是亨利奎兹的好朋友。她父亲伯纳德贪图安哲鲁的地位与金钱，打算让她嫁给亨利奎兹。莉奥诺娜写信将此事告知了被公爵召唤而去的朱利奥。朱利奥接到莉奥诺娜的信后，乔装来到了莉奥诺娜家，此时莉奥诺娜与亨利奎兹的婚期在即。莉奥诺娜将一把匕首藏在衣内，并对朱利奥说，她宁死也不愿嫁给亨利奎兹。朱利奥答应躲藏起来，若婚礼如期举行，他就现身争取不让婚礼举行。但是在婚礼现场，莉奥诺娜不堪压力，昏倒在地，从其衣服里滑落一封信，信中表达了自杀的念头。亨利奎兹爱上莉奥诺娜之前，曾与一位名叫薇兰蒂的姑娘发生了关系。亨利奎兹爱上莉奥诺娜之后，便写信给薇兰蒂，将其抛弃。

朱利奥的父亲卡米罗与莉奥诺娜的父亲伯纳德因自己的孩子不见了

① 与莎士比亚同时代的剧作家，曾与莎士比亚合作创作戏剧。据说他与莎士比亚一起创作了《泰尔亲王配力克里斯》。

踪影而相互指责。公爵的大儿子罗德里克劝导他们相互理解，并答应他们，他会全力寻找朱利奥与莉奥诺娜。朱利奥由于心爱的人被抢变得疯疯癫癫，便藏身于大山之中。薇兰蒂女扮男装在这一地区放羊，莉奥诺娜藏身于此处的一个修道院中，而亨利奎兹则四处寻找她。有一当地养羊大户，发现薇兰蒂是一女子，便要非礼她。此时，罗德里克赶到，解救了她。朱利奥与薇兰蒂相逢，并认出了对方，一起诉说亨利奎兹的低下与卑劣。罗德里克与亨利奎兹找到了在修道院中修行的莉奥诺娜，并用计谋进入修道院将其带回。他们同时把女扮男装的薇兰蒂也带回了大公府。薇兰蒂自称是被亨利奎兹抛弃的书童，而亨利奎兹则极力否认。薇兰蒂给众人出示了他的无情绝交信，亨利奎兹突然发现他重新爱上了薇兰蒂。传言已死的朱利奥突然现身，莉奥诺娜与朱利奥重逢，有情人终成眷属。

这部剧的情节与塞万提斯创作的《唐吉诃德》中第三部的某些章节的内容如出一辙。不过在《唐吉诃德》中主人翁的姓名为卡迪尼奥，而在《虚虚假假》中被改为了朱利奥。莎士比亚依据《唐吉诃德》改编的作品题名为《卡迪尼奥》，虽然遗失了，但是根据其剧名猜测，剧中的人物仍保留了小说中原有的名字。

从这点也可看出，如果历史上确实存在一部莎士比亚创作的依据《唐吉诃德》改编的戏剧，那么这部由此改编并被命名为《虚虚假假》的剧作，再创作的可能性很大。这部剧没有像莎士比亚其他戏剧那样建立了一套立体的故事叙述体系。这部剧中的两条故事线索，分别围绕着莉奥诺娜的爱情与薇兰蒂的怨恨。莎士比亚剧作中的故事往往呈现多线条发展。如在《仲夏夜之梦》中，故事围绕着四个线索发展，有忒修斯与希波丽坦的婚姻、六个匠人的演出、赫米亚等四人的魔幻爱情、神仙王国中的国王与王后；在《哈姆雷特》中，除了哈姆雷特的复仇，还有他与奥菲莉亚的爱情、挪威王子的复仇及雷俄提斯的复仇。即使这样，在这部剧中仍然可以看到莎士比亚的元素。

如果那部名为《卡迪尼奥》的剧作是由莎士比亚创作的，那么一定是他的一部晚期作品。因为《唐吉诃德》出版于1605年，直至1612年才有英文版在英格兰面世，而此时的莎士比亚即将封笔。因而莎士比亚很有可能参与了这部剧的创作，而不是主笔。这部剧中的语言显得不如莎士比亚剧中的语言那样工整。一般情况下，莎士比亚的剧作中韵文（verse）与白话文（prose）的应用界限分明。如在《哈姆雷特》中，当哈姆雷特精神恍惚之时，他便以白话文的形式进行交流，当回到正常状态时，他便以韵文的形式对话。同时，剧中没有社会地位的贫民也是用白话文来对话的。而在这部《虚虚假假》之中，朱利奥的父亲卡米罗与莉奥诺娜的父亲伯纳德在全剧中的对话始终都是用白话文，朱利奥与他父亲对话时也是用白话文，与其他人的对话则是韵文。亨利奎兹则有时以白话文与韵文交杂的方式对话。

即使这样，这部剧中也能看到莎士比亚其他剧作的影子。如在第一场第二幕中，当朱利奥与莉奥诺娜道别时，很容易让读者联想到《特洛伊斯与克瑞西达》中两人分别时的对话。亨利奎兹在欺辱了薇兰蒂之后，有一段独白来忏悔自己的恶行，也会让读者联想到《哈姆雷特》中国王独自忏悔的片段。特别是在第五幕第二场中，所有的剧中人物都聚集在了一起，剧中的公爵行使职权开始对剧中的人物或定罪，或宽恕，或补偿，也会让读者联想到《一报还一报》中的最后一场。

《虚虚假假》是不是由莎士比亚的遗失剧作《卡迪尼奥》改编而来的，学术界仍存在争议。但是这种争议本身对于继承世界文学宝库中的丰厚遗产具有很大的推动作用，会使后人可以有机会去了解人类历史上产生影响的文学作品。同时对于前人的文学成果的开发，让现代人回看人类曾经对社会的认识，十分有益于提升人类的集体意识，并使个人更加重视个人在社会中的主体地位。

十分感谢西北工业大学教务处和西北工业大学出版社的支持，特别感谢本书的责任编辑万灵芝给本书提出的中肯的建议，同时感谢王鹏鹰先生百忙之中对书稿的校对工作，没有他们的帮助与支持，此书难以付梓。

杨　林

2020年6月30日

前言

菲力浦·弗里德

世界上不是所有地方，
都能受到苍穹的垂青，
土地肥沃，植物茂盛，
美景遍野，目不暇接，美妙异常；
我们四处打量，
左看右看，难于注目一方，
这美丽的原野造就了
莎士比亚的天才。

不列颠人深感荣耀，
他的诞生辉煌璀璨，
大家都迫不及待地赞美他的诗行，
用胜利的奖杯致敬他的声名，
并高声颂扬，
要尽情展示不列颠智者的才华，

伟大，不羁，包容，豪放。

能追随他的高度便是我们的荣光，
他才华横溢，妙笔生花，让美丽多彩，
当代的文人无人比肩，
即使心中拥有相同的火焰，
也难以略加模仿。
眼前的这部剧作，
构思精巧，诗句工整，精雕细琢。

天神伟大，可辨真假，
知道谁优谁劣，什么是极品之根，
何为高雅孤芳！
天神就是如此这般地深知莎士比亚，
莎翁就是从天神的泉水中汲取情感，
抒情写意，滔滔不绝，极致奔放，
却至真至切，毫不造作。

评论家喋喋不休的教诲，
要遵从创作的规则，不能肆意大胆，
但是莎翁却用其博大不羁的心灵，
鄙视那酸腐的教条！

啊！若是莎翁再次光临人间，
接受膜拜，

他显现的灵魂会送上祝福，
称颂当今的演出超越了伊丽莎白[1]金色的时代！

英格兰的新皇[2]坐上了王位，
他宠爱的皇妃让自己成为缪斯，
呼唤真才实学演绎出的故事，
莎翁兴奋异常，他可重振丢失的盛名，
骄傲无比地高喊，"宽恕大家的忘却。
我的遗作尽管曾在世界上消失，
但再次回到了人间，又一次降生，
重生在这个光芒万丈的时代。"

① 伊丽莎白时代（1558—1603年），伊丽莎白在英格兰当政之时。莎士比亚成长及戏剧创作的主要时期。
② 这里指的是英格兰汉诺威王朝的第二代国王乔治二世（1683—1760年）。

剧中人物

公爵安哲鲁

罗德里克　安哲鲁公爵的长子

亨利奎兹　安哲鲁公爵的幼子

唐·伯纳德　莉奥诺娜之父

莉奥诺娜　唐·伯纳德的女儿

卡米罗　朱利奥之父

朱利奥　莉奥诺娜的恋人

薇兰蒂　爱恋亨利奎兹的姑娘

市民

羊群主

牧羊人甲

牧羊人乙

费宾　当地乡绅

洛佩兹　当地乡绅

哥楚德　亨利奎兹的佣人

侍女若干

仆人若干

牧师

男士

跟班，大臣，乐师若干

地点：西班牙安达卢西亚

大幕开启

第一幕　第一场

大公府

[安哲鲁公爵、罗德里克及众大臣上场。]

罗德里克　宅心仁厚的父亲大人，
这种无常的压力又占据了我的心灵，
使我倍感忧伤。

公　爵　儿子，怎么回事？
虽然我常常谈及驾崩之事，
但不会动土修墓着急离世。
我戴冠称王时日已久，
不能留下一个烂摊子，使你为难，
一定要繁荣昌盛，亘古长青；
配得上继承者的德行，让其尽享荣光。

罗德里克 您的赞誉令我骄傲，

也使我激动异常。

公　爵 我不是在恭维你，我的儿子，

也不会让宠爱之情迷惑了我的判断力。

你就是一面可以穿越回到过去的镜子，

让我看到了年轻时的自己，

我这把老骨头可以调整自己再回到往昔；

你的弟弟亨利奎兹，

很让人疼爱，

但是放浪没有规矩，

常常使其名声遭受非议，

让我失望，他配不上高贵的门第。

他狂野的性格让我们名誉扫地，

他必须快快改邪归正。

罗德里克 我对我的弟弟深信不疑，

他一定会以其冷静的智慧，

很快改邪归正，

不再拈花惹草，

坐正行直赢得好评。

公　爵 但愿你的希望不会落空，

但是，看他过往的放任，

我也想不出他将来是否会收敛；

也不懂他近来的怪异行为，

纠缠不休，反复要求，

请准出宫，举动令人怀疑。
你对他很是了解，
且受他信任，定能说出真相，
消除我的疑虑。

罗德里克 对于他急切离宫，父亲大人，我也不知；
我最近收到他一封书信，据他讲，
朱利奥，也就是卡米罗大人的公子，
（对他紧追不舍，我也想早日见到这位朱利奥）
要借一些金币购买他十分喜爱的骏马，
他们俩在法兰西相见，
随之亨利奎兹便让他找我给予支持；
我计划让他多待几日，
了解一下他是否可信。

公　爵 这样，不用等了，罗德里克。
让他充当眼线，观察你弟弟的行为。
你帮我引见一下那位年轻人，
我要见见他，
既然张口向朋友借钱，
他可以拿走这笔借款。
宣他进宫。

[下场]

第一幕　第二场

[背景为远处的一个村庄 。卡米罗拿着一封信走上台。]

卡米罗　怎么回事，公爵大人对我的儿子关爱有加，宣他进宫，我得让他自己读一读这封信。骑术精湛？朱利奥有什么骑术？！除非他在法国学会了骑马，否则他根本连小马驹都骑不了。也许他真的会骑，他在那里也有一段时间了。但是我从来没有听他说过他会骑马，也不是什么大不了的事。即使他骑术不精，在眼下，他必须像马一样，让人骑。王侯之家，就是王侯之家，他们想干什么就干什么，除非他们真的无力去做。

[朱利奥走上台]

快来，读一下这封信。[将信递给朱利奥] 别说东道西，先读读这封信。轮不到我回复，你也不能写信回复；要是回复，得你自己本人亲自前往。好好地大声读出来。

朱利奥 大人，您得让我先看一遍。

卡米罗 昨天，我对你的穿衣打扮，还有广交新欢十分不满。我现在想了想，裁缝制衣缝裤就要合身合体，命运也是如此。想必此时，你的新朋友们都奔公爵的大公府而去；我的房舍现在是十分低矮了。

朱利奥 [*旁白*]

啊哈！去大公府？去找意中人还是去伺候公爵，哪个好啊？我天生都被看作是公爵的奴隶，我自己却心甘情愿地去服侍莉奥诺娜，做她的奴隶。

卡米罗 进了大公府，你的骑术会受到他们的广泛赞誉。你的骑术真的十分精湛？

朱利奥 我不过是刚刚能在马鞍上坐稳而已，不然就要受到耻笑。

卡米罗 要是有人夸奖你的骑术，则是一种褒奖之辞，若再有人赞扬你的骑术则是一种嘲讽。所以，被人夸奖不要得意。信中许多言辞混杂着夸奖与请求。有一点不要忘记，你得去，他特别要求你去。

朱利奥 [*旁白*]

看这样子到那里一定不会遇到什么好事。不走，留下来也不会 有什么好事。

卡米罗 你必须去，公爵发出的是命令，不是恳求。

朱利奥 [*旁白*]

我对爱坚定不移，他对这事也坚定不移。

卡米罗 撞大运从来都没有原因。

朱利奥 [*旁白*]

她父亲会怎样看我？今晚就有人向她求婚。

卡米罗 你这小子的德行散落一地，进宫后，就要改掉身上的臭毛病，一点点地校正。

朱利奥 [*旁白*]

老爹一定想我做得不够，或者认为我举止粗俗，傻里傻气，而且谎话连篇。他不能再仗势欺人，以己之见对我进行控制，便终于有这么一个借口可以唬我了。

卡米罗 不说了，小子，你读完了没有？

朱利奥 大人，读完了。

卡米罗 考虑好了吗？

朱利奥 我去。

卡米罗 遇到好事，就得抓住。

朱利奥 按您的吩咐办。

卡米罗 无论如何，明天得赶到那里。这难道不是公爵要求的日期吗？

朱利奥 是的，大人。

卡米罗 我一直都认为，若你万一有什么闪失，我还是能救急的，而且我随时都会为你提供一切方便。现在就到我屋里来，我会仔细地给你说一下。

[下场，朱利奥独自留在台上]

朱利奥 我心仪的女子没有一点热情，

青春与爱情本应如火一样燃烧起来，

她同意饮用爱情的琼浆，却没有表现出一点胃口。

她给我说，她已无所求，并总是显得羞涩矜持，

如同有些人一样，说话谨小慎微，用言辞来保护自己，

说一些不痛不痒的话语。

这种矫情做作终会塌陷，

如同寒霜在融化之前就已没有了生命。

而我就如同天神注视下的大地，

用不尽的热量去消融那寒霜。

我现在就去找她，

恳求她给我应有的尊重。——她来了，问我好——

[莉奥诺娜与女佣走上台]

她美丽无比，让这里韵味十足！

再伴上她充满魅力的嗓音，

犹如清晨的百灵在歌唱，

使我误以为这里就是天上乐园。

就要见到她了，

莉奥诺娜，我的女神，

我讨厌你的冷若冰霜。

莉奥诺娜 你父亲怎么说？

朱利奥 肯定能说服他！不是你说的吗？

你我之事，只要他点头就行。

莉奥诺娜 是，但是现在我改变了主意，

你一面要讨好我，一面要讨好你的父亲，

你的代价太大了。

另外，也许他还不同意你娶我呢，

而你在你父亲面前又极其听话，

你不要再把我看成是你的意中人了。
你也知道，这样突然的决定，
对我来讲，也十分痛苦，十分羞愧，
这就是我青春时光中深深的哀怨，
其情如同凄凄垂柳。

朱利奥 不要用这些错乱的疑虑来折磨我，
也不要认为我的父亲年迈守旧，
老眼昏花，没有判断力，
会扑灭你我胸膛中爱情的火焰。
你不能委屈你的美貌，
不能让爱神维纳斯感到无奈；
你不能浪费她带给人间的礼物，
一副娇媚的面容，
足以让冰冻的隐居者跳出自己的洞穴，
没有了清晰的思维，只是为了讨你一吻。
他的双眼别无他求，
只能不断喷射出道道光芒，
衍生出没完没了窥视的欲念。
你没有一点理由来怀疑你的魅力。

莉奥诺娜 什么，朱利奥？
没有你父亲的明示，你就不敢自己决断，
不敢捍卫自己的爱情。
这就如同长了一双眼睛，却不敢用来观望。
难道我能不这样想，你也许爱得很深，
但是却自满地坐在那里说，你不敢爱？

朱利奥 不要去捕风捉影，

你这样讲太不厚道了，也不太合适，

虽然我不愿这样指责你，

随后你可以看到，你会恩宠加身，且福气满满。

再没有什么可以阻断我对你的向往。

眼下这让人郁闷的耽搁，我们还得耐心一些，

但是根本不能割断你我之间的情义，而且会使我们俩更加执着。

亲爱的，耐心一些。

莉奥诺娜 耐心！没有别的方法了！我的火焰已从打火石上引燃。

也许，我会哭泣，因为丢了一个丈夫，

再也找不到了。

当我为同心相连痛哭，便不再想有单身的自由自在。

朱利奥 你为何这样讲？

我清楚地感到，你一点也不在乎我。

公爵大人，我听从您的召唤，

接受一切可以发生的事。

如果面临战争，我一定是您的士兵。

如果要到大公府去消磨我花样的时光，

或是成为一种玩偶，我也愿意前往，

去面对人生中如同流放一般的寂寞、冷清。

这都是因为莉奥诺娜宣布了我的宿命。

莉奥诺娜 你想说什么？你为什么要牵扯上公爵大人？

为什么要扯上战争，扯上大公府，扯上流放？

朱利奥 我为什么突然成了人们的关注点，我根本不懂。

公爵大人写信给我，搬来我的父亲插手我们的事。

看到他在读这封信，

信上要求我立即动身，赶往大公府。

莉奥诺娜 我明白了为什么会有这么多耽误，

为什么莉奥诺娜不值得你追求。

去大公府？你到那里就不会犹豫不决了，

可以遇见心仪漂亮的女子，

她风情万种，掌握哄人开心的技巧。

这使得你变得铁石心肠，

向你父亲说，“随您心愿，我为自己挑选了这位女子。”

朱利奥 你还在误解我，

我立誓永远是你的奴仆，

而且不会更改，

让人生沾染污点，

让大海山川铭记这一切。

莉奥诺娜 什么时候动身？

朱利奥 明天，亲爱的，公爵是这样命令的。

太仓促了，没有时间进行无尽的吻别，

只得放弃离别的俗套，

也没有时间交换珍贵的爱情誓言。

有情人总是时时刻刻争论不休，

远远超过了王公贵族之间的争吵，

但是他们深知，

爱神丘比特的王座上丝毫不缺爱情的仪式。

为什么发出叹息？

莉奥诺娜 朱利奥，我悄悄给你说，如果不是要分别，我都不好意思说出来。
我的心跳得很快，我感到十分害怕，
担心你到了大公府，
那里美轮美奂，璀璨辉煌，
你的心中不再有我，失去对我的兴趣，
我只能尽享孤独，让人耻笑，
你见异思迁，我却只能如同寡妇一样，暗自流泪。

朱利奥 我说的话，真实可信，
只是要告诉你的心灵，不要焦虑，
我忠实于你，如同太阳追逐光明，
如同影子追逐黑暗，如同欲望追求美丽。
若我偏离一点，就让霉运伴我左右，
有多少虚假便有多大灾难，
有多少背叛就遭受多大惩罚。

莉奥诺娜 你的誓言真让人感动，
我永远属于你，坚定直至永远。
不要让我等太久。
上了年纪的人总是摇摆不定，
常常受利益驱动，而忘了自己的誓言。
你离开之后，一定会有人看上我，
我对你的爱，或对你的遵从，一定要经受考验。

朱利奥 不要害怕，我会借助时间的翅膀速去速回。
在我离去之后，我的朋友，亨利奎兹大人，
客居于此，将会替我向我的父亲吹风，
并会友善地提醒我的父亲我对你的爱恋，

而且他会像我一样，如同你的男朋友一样爱着你。

莉奥诺娜　难道朋友不会假戏真做？

你一定要留心，爱情是不能找人代替的。

我的父亲——

[唐·伯纳德走上台]

唐·伯纳德　朱利奥，在众目睽睽之下吗？求婚太急切了吧。说服你父亲了吗？他是你的解铃人。

朱利奥　还没有来得及向我父亲通告，

我要听从他的安排，

前提是我有女子可追，并娶为妻子。

唐·伯纳德　追女人！追女人之事就不要说了，不谈那事。你口口声声赞美的女人，不用去追，你也能将她抓到手。要娶她为妻，除非让你父亲放你一马。长话短说，（她告诉我说，我说去哪里，她就看到哪里，就走到哪里）只要你不放手，直至你父亲卡米罗告知我，他能与我们想到一起，我早就这样说过。说出去的话，全都要按说的做；直到这事全部过去了，也就没有开始结尾了。

朱利奥　大人，睡觉前我就会知道我父亲想的什么。

明天早上，我会如实告诉您。

我走了，纯真无瑕的莉奥诺娜，

睡吧，如同天仙的美女，闭上眼睛吧。

再一遍向你再见。亲爱的，我会牢记你的承诺。

千万不能忘记，一定不要见异思迁。

唐·伯纳德 他的父亲出尔反尔，他却一意孤行。朱利奥的秉性脾气若没有得到他母亲的锤炼，我同意他俩之间的婚配就是疯了。而且，给你说真心话，要是我的眼睛可以指引你的思想，我可以在这个镇子上找到二十多个更加讨巧的候选小伙。我不是说让你完完全全改变你对他的感情；我的意思是，你要把自己给他标出的价格，也尽量多地给与他人，给那些远比他好的人，这些人也愿意出这个价格；而且，你身上所具有的品德是那些人非常稀罕的，假如他走了，你在市场上仍有好价钱。

莉奥诺娜 大人，您的建议，一切照办。

唐·伯纳德 说得巧，也说得妙。我恐怕你的意中人略微有点欠考虑，以后若是表明他真是这样，你会后悔的。

莉奥诺娜 大人，我不得不说，在所有我认识的男子中,他是我最中意的人。但是选他为男朋友也是由您掌握着火候。

唐·伯纳德 我们很快就会知道他的父亲下一步要干什么，我们便可将计就计。对你俩的事，我没有多少信心，我也不会费力地提出反对意见，但是如果天随你愿，你俩终会白头到老。来，姑娘，咱俩回家。

第一幕　第三场

[亨利奎兹及仆人拿着火把走上台。]

亨利奎兹　火把靠近一点。先生们，音乐呢?

仆　人　马上就来，大人。

亨利奎兹　不要让他们太近了。

[旁白]

这个姑娘，我的视线在寒冷的夜晚上下打量，

她出身卑微，却美丽无比，

老天的宠爱聚于一身，

用无尽的想像塑造了她。

出身贫贱又能奈何于她?

贫穷不能夺去她眼神中一丝一毫的光亮，

她就是浑然一体的明灯。

[对乐师们说]

把声音弄大一点，师傅们，

弹弦时添上一丝虔诚的温柔。

乐声穿过夜晚的无聊让懒散发出声响，

直至那个神情忧郁之人不再懒散地卧在沙发上，

在漫不经心中变得有些专注。

[音乐响起]

[旁白]

她驱使我迫切想知道她何时能开口与我说话。

大公府中的事，她所知道的，不是道听途说，就是瞎猜。

她会絮絮叨叨，就如同七个割据的君王糟蹋了时光。

当她说到乡下的日子，

说到健康，说到美德，说到纯朴，说到单纯，

说到的美女都名符其实，损人又极有水平，

总是按心里想的做。

我心里就厌烦了我的出身，也厌烦了我的爵位，

真想在乡下当一个村夫。

[对乐师们说]

弹奏起你们的乐器，她睡得真是香甜。

悄悄地退下吧。

[仆人们退下]

一束如同白昼一般明晃晃的光线穿过了她的窗口，
这只蜡烛发出的光芒，午夜中托举它的手使其惠受恩泽！

[薇兰蒂出现在上方的窗户上]

薇兰蒂 深夜之时，是谁在这里情话连连？你是谁？

亨利奎兹 一位全身心为了你的人——

薇兰蒂 是来看没有星星的夜空！
亨利奎兹大人，不会是我的耳朵在欺骗我吧！
我回复过您了。让人想不到，
您控制不住您的冲动。
尊敬的大人，
您要好好地爱惜自己的健康；
请允许我爱护我卑微的名节，
实在不能给您同情，
即使您发誓说要忍受多么大的痛苦。
我根本不可能来护佑您的感情，
也不能卷入您的感情中去。

亨利奎兹 为什么呢，薇兰蒂？

薇兰蒂 啊哈，先生，不答应的理由不计其数。
越是让人感到十分畅快的时候就要十分地警惕；
所以，您看也没有用。
我读过的书中讲述过（我想这些故事很真实），
一些如您一般年轻的公子哥，
常常在穷人的窗下，用诗一般的语言，讲述凄惨故事，

甚至不惜利用神明，
给如同我一样的平民女子设下陷阱，
说她们是自己崇拜的偶像，
随后便弃之不理，让她们为自己的轻信而哭泣，
任由世人污蔑。

亨利奎兹 您的记忆，十分准确，
但吃过亏的姑娘没有几个，
您的担心太过于以偏概全。

薇兰蒂 我们俩都要真诚，
我们俩都要守护自己的忠贞，
不能让大人您遭受哄骗，
如此这般地向您许下诺言，
也得到了您的认可。
这样的话，没有信任，双方都会成为输家。
大人，请回吧！
您说的一切，不会有一点效果，
您唱的歌曲，不会合拍，也不会悦耳。
还有，你身上的香水散发出来的味道，
一点也不能让我兴奋，
比不上田野中紫罗兰的气息。

亨利奎兹 啊哈，你的这种说辞，
更使我坚定下来，不会离开。

薇兰蒂 您这种秉性的男人，
看什么都感觉是您冥顽不化的借口。
与您说了这么长时间，

分明是玷污了我长期看重的名声。

您具有的品德应让您拥有更为高尚的目的。

亨利奎兹 别急着走，聪慧的姑娘！

回来，请给我十足的希望。

还是走了——对我如此奚落，知道我是谁吗？

难道我不是公爵的二公子吗？不会错的，但那又怎么样？

出身高贵，不应自我堕落，去与不耻者为盟。

我们这些显贵不也是肉体凡胎，

摘除我身上的头衔，这根本不是凭我的努力获得的，

只不过是命运的安排，

凭祖上一种特质的美德获得，

她身上也具有一种特质，

远胜于我。我得降低身段将她拿下。

不去向她炫耀我远胜于她，

总将我的优势抛置一边，

不能让这些优势来主宰我的行为，

让聪明之人嘲笑我，

说我是一位不懂谈情说爱的门外汉。

第一幕终

第二幕　第一场

[以乡村为背景。费宾与洛佩兹在台上，亨利奎兹站在对面。]

洛佩兹　[对费宾说]

别急，别急，老伙计！看谁来了？咱俩还是躲一下吧。

[他俩走到一边]

亨利奎兹　哈！真成这样了吗？简直就是魔鬼！魔鬼！魔鬼！

费　宾　[对洛佩兹说]

你看，这个人脑子里缺根弦，让自己被火燎烤。

亨利奎兹　享受了她给的快乐，

我真应该给点东西，

应该给些什么呢？

把当下一切我可以炫耀的东西都给她，

再加上我的继承权，

如果我有权利继承。

体验了一把罪不当赦的快乐！

懊悔不已，我抢劫了储存美丽的宝库，

悔恨至深，我吞噬了爱情的纯真，爱情的无邪。

她拒绝了我的山盟海誓，

将我关在门外，毫不理会我狂热的恳求。

洛佩兹　[对费宾说]

爱情！爱情！奋不顾身的爱情！真是愚昧之极。

亨利奎兹　再回想一下，难道是这样吗？先许之以婚约——不仅仅是一种许诺，因为这是用千万个誓言约束的——这些根本不是轻浮之约。

但是，我也记得，这些誓言不会有什么作用，

那个什么也没有经历过的小姑娘，看到我的爱，浑身战栗。

仅凭力气，便擒她在手，得到了不很完整的快感，

现在想起这事，就如同受刑一般。

这根本不是爱情，不过是残虐的暴力；

时间，地点，机会到来之时，

所实施的最不堪的行为。

羞耻之极，羞耻之极，羞耻之极。

费　宾　[对洛佩兹说]

这是什么样的货色？老伙计，我想这个家伙的脑袋只是如同卖货郎的货包。

亨利奎兹　得了，我对自己狠一点，公正待己。这犯的不是强奸罪吗？算不上吧。她尖叫着，她喊叫着，然后将我推开。真

的，她根本不同意。确实如此，她反抗；但是，全程中，她没有吱一声。

简直就是含羞的新娘半推半就，
没有表现出一点女人被蹂躏而点燃的怒火。
为了获得欢愉，而不生罪，还是男人吗？
罪孽啊！这就是千真万确的罪孽。

但是，也面临着风险，要面对那被蹂躏女子的泪水，面对她的嚎啕，还要面对法庭的追责。我十分恐惧，担心（这已经让我的良心十分不安）这件事，也就是这件事，将会使我名誉扫地。怎么办？我现在别无选择。不得不承认，美丽的莉奥诺娜如同说一不二的女王，牢牢地占据了我不羁的心灵，而薇兰蒂不过是一位匆匆的过客。我略施小计，便将朱利奥支走。友情真是好东西！

如何去应对这一切？
男人可以凭借理性去摆平这血脉的狂热，
也会巧舌如簧平息心中的喧嚣！
然后，朱利奥，我真的便成为你的朋友。
那些指责我的人，
他们生来就没有激情，
也从来就没有过关于道德与欲望的争吵。
而那些如同我一样的人，
青春放荡人人都知道，
谁不纵情乐逍遥，怎会蹙眉来怪我。

[亨利奎兹走下台]

洛佩兹 这个人肯定没有一点理智，而且还是浑球一个。老伙计，咱俩跟上他，但是要保持一定的距离，以防不测。

[费宾与洛佩兹追随亨利奎兹走下台]

第二幕　第二场

[薇兰蒂独自一人走上台。]

薇兰蒂　看见人，我难道不会脸红吗？
女孩子眼中的贞洁之光
可以看穿我的罪孽。
说我一点也不情愿，
还有什么作用？
公布我的失贞，
再让我的名声受损。
悲惨啊，看到乡邻无比富有，
而自己却贫穷不堪，霉运连连。

[女佣上台，随后哥楚德手里拿着一封信走上台]

女　佣　小姐，哥楚德来了，亨利奎兹的家佣。

他给您带来了一封信。

薇兰蒂　给我的信？

[独自一旁说道]

我颤抖不已！

[对哥楚德说]

你家大人不是去大公府了吗？

哥楚德　他还没有去，小姐。

薇兰蒂　[独自一旁说道]

心中有一丝不祥之兆！

[对哥楚德说]

他什么时候走？

哥楚德　他有事改变了行程。

薇兰蒂　请告诉我，他要去哪里？

[独自一旁说道]

真是让人恐惧！

哥楚德　他要去两个月。

薇兰蒂　去哪，去哪呀，请你告诉我，先生，我求你告诉我！天啊，我一点耐心都没有了。他是否有意这样，还是遇到事后有意这样安排？

哥楚德　小姐，我也不知道，我也没有得到指示要在此等您的回复。您可在闲暇之余阅读一下这封信。

[哥楚德与女佣退下]

薇兰蒂　我这样的女子，心中有事便是折磨。

我要开启蜡封，

无论信上写的是什么，好话连篇，还是谋命之语，

都是自己应得的。

[阅读]

“你我须谨慎，要忘掉俩人之间的失礼之举。我本人已向前一步，去领悟这种智慧，借此机会向您告别。”

哼，你这个小人，这个负义之人！失贞的薇兰蒂！

心痛难忍，被人用千百次的假诺伪誓所伤害，

被那如同毒药般的花言巧语所蒙蔽，

只剩下了绝望。

我现在成了自己名声的坟场，

成了黑黢黢的屋舍，只能让死亡安卧于此。

来吧，耗人的孤独，我请你住进这庙宇大堂，

这就是你胜利的归属。

织锦一旦被毁，就不能复原，当下就一了百了了。

如何是好啊——根本不值得我去费脑子。

随后的日子，

只能时刻处于风险之中了。

再见了，父亲，不能再让父亲生气；

再见了，所有的男人，不再相信你们；

再见了，姑娘们，我不再让你们感到丢人。

去什么地方，我自己也不知道——懊悔便是我的方向。

第二幕　第三场

亨利奎兹　明眸，亮嗓，种种魅力，

每一个美丽的元素，每一处妙不可言的优雅，

这一切抚育了光亮闪闪的爱情，怎么都找不到了？

她身上的这一切似乎都不见了，但我身上却落下了病根，

就是因为幻想着她的端庄。

只有看过山楂树的人，才会说雪松高耸挺拔，

嫌弃树丛低矮，不在乎曾给人们遮过阴凉。

慢着！想到那黑暗的过去，自己的名声，

就似乎是染上了重疾。

如何才能让我的名誉不受损？

如果我娶莉奥诺娜为妻，

这样便会使得损伤越来越严重，

首先感到伤害的便是薇兰蒂，随后便是朱利奥。

对她，我便是一个负心汉，

对他，我则是不义之人，
我自己也会严苛地谴责自己，
由于太随意地将自己的名誉扼杀抛弃，
没有了名誉，狗便是比我更为高贵的物种。
但是，追求快感的欲望真是太强烈了，
理性难以阻挡，
良心逐渐消隐，美丽占据了要位。
来吧，莉奥诺娜，你就是那个让我万劫不复的女人，
走到我的面前，到这里来主宰你的帝国，
给我力量，驱赶走那挥之不去对名誉的担忧，
我的一切都属于你。

[唐·伯纳德与莉奥诺娜上台向他走来]

唐·伯纳德 嗨，尊敬的大人，你为什么不进去？
如果你觉得不受欢迎，
我拉上了莉奥诺娜，来打消你的疑虑。

亨利奎兹 [向莉奥诺娜致礼]
吻你，甜美得如同春的气息，
但是冰凉得如同清晨花朵上的露珠！
你的父亲是否已将你说服？
你尽管拒绝了我对你的爱，
但是你最终要尽女儿之责，
获得你父亲给你的礼物。
我，亨利奎兹，

是否要将这所有的幸福都归结于伯纳德大人？
不是这样！在你的眼中，
我将彻底一事无成，
真是让人凄凉无比，
凄凉之声，远远胜过千人的喊声，
我感到绝望至极。

唐·伯纳德 过来，莉奥诺娜，
你还不是十分了解这位高贵的大人。
（听到他的名字，就会让我忘记我已年迈。）
他对你情深意浓，认定你美貌不凡；
他真心诚意，不是语言可以表述的。
不仅给你增添喜悦与快乐，
而且也会使我们家感到无上荣光。
想一下，他出身高贵，尊贵至极，
他爱上了你，若你聪明，万不能自视过高。

莉奥诺娜 父亲，女儿双膝跪地向您请求，
不要急匆匆将我推向火坑。
我发誓我的心泣血不已，
感谢您过往对女儿的娇惯，
但是对于往后是否这样却不能保证。
父亲大人，请您想一下，
世上若有人犯错，
谁敢说与自己无关。
不要让全世界找到机会，
来指责您鲁莽的决定，

或用我最顾忌的事来指责我，
说我不听从父亲您的安排。

唐·伯纳德 快快起身，不用担心别人说你这样，也不用担心别人说你那样。我给你说，女儿，恐惧多于危险。在我看来，一旦你嫁给了这位品德高尚的大人，我才会感到安心。

莉奥诺娜 父亲大人，
我真是一个最缺心眼的女孩，
不认为自己有资格拥有此等荣光。
曾经当面听到亨利奎兹大人爱的誓言，
也许会让我青涩的心房感到难以承受，
会让我彻彻底底地属于他。
但是，这一切都已成了过往，
经您允许，女儿我已铁了心，
早已将心许给了倒霉的朱利奥。

唐·伯纳德 是这样，我再次允许你把心收回。你，真是一个单纯的姑娘，把你的情感全部给予了一个身无分文的人，一个离你而去，奔向宫中享福的人，他只会说“我将另觅新欢，甩掉我，赶紧嫁给他人”。

亨利奎兹 那么，肯定，看来是最动人的女子。
朱利奥，哈哈，一点都没有感觉到我的情感。
他的爱不过是一个小时的愉快，
是忙里偷闲，是实现雄心壮志时的小憩，
是年轻人的游戏，是当下的时髦。
他毫不清楚什么是希望，是猜忌，是炽烈，
或许他根本不懂形形色色的激情，

而这些情感如同暴君一样折磨着我。
他却离你而去，去追求他的财富，
与一帮奴才厮混，被吆五喝六，
用真实的福气去换取没有踪影的荣光。

莉奥诺娜 [旁白]
噢，反向而来的风，
兜着潮水，让这里暗流涌动，令人恐惧。
我肯定要陷进这危险之中不能逃脱。
[对亨利奎兹说道]
大人，您能忘掉您的名气，
忘掉您的贵族出身，
忘掉友谊之规，
忘掉人们应有的信念，
忘掉真情，忘掉荣耀，
忘掉可怜的朱利奥？
大人，想一下朱利奥是多么爱您，
回想一下他对您的照顾，他经过考验后的信念。
您再想一下，无论他在何方，此时此刻，
朱利奥对您充满感激之情，
即使您在宫中遭受人们的嫉妒，
他对您受到的宠爱心中暗喜不已。
倒霉的朱利奥，
你对你的主人真是太过于信任，
你太相信你的主人所具有的光芒。
你太年轻而将人看错。

就是此时，就是此刻，
他要夺去你心中的最爱。
亨利奎兹要以怨报德。
[哭泣起来]

亨利奎兹 [旁白]
蛰居已久的荣耀之心受到了警示，
这样与她斗嘴真是得不偿失，
她将我的一切全部看透。真让我难堪。

唐·伯纳德 真是疯了，完全疯了。

莉奥诺娜 我才开始。
[转身对唐·伯纳德说]
请您以人性中的所有柔情，
请您以您与我可爱妈妈之间纯洁的爱，
（圣洁的上天啊，真愿她仍健在！）
宽恕我，可怜我。父亲大人，请记住，
我曾听我妈妈说过一千次，
她的父亲曾强迫她放弃自己心仪之人，
当爱情与责任相撞，
尽管父命难违，
但是我妈妈履行了自己的爱情誓言，
与您成婚。
您认为这件事十分完美，并赞誉有加。
妈妈因此而名闻天下。
而违背父命也从来没累及我母亲的声望。
她坚定的爱情征服了那些反对她的人，

她便长久地以您为夫，为您生儿育女。
当下，我的问题与我妈妈所遇到的一样：
您成了父亲，尽管婚嫁前受人阻挡，
我遭受着妈妈曾遭遇的问题，但是没有她走运。

唐·伯纳德 行了，你这个傻子。毫不奇怪，你旧事重提，不从父命。除了用过去的事为例，什么又能让你违命逃脱？你必须嫁给一个与你不一样的人。你要高兴，这是你自己的事，而不关别人什么事，真是这样的。但是，你要知道，以后不要伶牙俐齿，那会让你自己遭罪；你也不可与过往纠葛太多。去吧，走你自己的路吧。听我的，准备好，就在这一两天，就嫁给一位你高攀不起的丈夫。就这样了，不然，我死去父亲的灵魂也不会放过你，你也与我再没有关系了。

亨利奎兹 她哭了。伯纳德先生，对她温柔一些。

莉奥诺娜 真是凄惨的一天！大火环绕在我的周围。
除了穿过这熊熊的火焰，没有逃身的方法。
我能否下定决心抛弃亲情，
抛弃朱利奥，自己生活？
我有其他的女孩子为伴，这个决定不难。
这个利益主宰的世界，
让人们的良心都成了商品，
贞洁的女孩子的婚嫁得任人摆布，没有丝毫的尊严。
我的感情如同泓泓清泉，高尚纯洁，
不去嫁给所谓的大人，而是要嫁给我爱的人。

[下场]

唐·伯纳德 总是别扭，走你的吧。跟上她，大人，跟上她，趁她没有走远。对付固执的人一定要死缠烂打才有效。

[亨利奎兹追着下场]

姑娘说得不错，她妈妈就和她一样。我记得曾经有两人同时追求她。我们两个人她都喜欢，但是她选择了我，不顾我那榆木脑袋似的老丈人的反对。谁？卡米罗？该我来说一些拒绝的话语了。

[卡米罗上场]

卡米罗 尊敬的老伙计，真是太走运了，能看到您一人待在这里。我有事相求。

唐·伯纳德 什么事，先生？

卡米罗 先生，我一直对您尊敬有加，今天所言之事是这种尊敬的佐证。先生，您知道，我有一子。

唐·伯纳德 是的，先生。

卡米罗 我自知很有福气，您也知道我要谈什么事。

唐·伯纳德 那一定是件好事，先生。

卡米罗 事情是这样的，这一切都是有关我儿子的事。他现在在宫中侍奉我们的主子大公阁下。但是，在他离开之前，他将心里的秘密透露给了我，他爱上了您的女儿。至于您是否同意，他给我这样说道，一切都妥当了。为这事，我想了一晚上，现在我把我的想法告诉您，我会将我现在的一半财产及以后的财产签入婚约，同时，还有我衷心的祝福。行吗，唐·伯纳德？

唐·伯纳德　哈，真的，老伙计——我得承认，这件事我听说过。

卡米罗　听说过此事？您肯定听说过。

唐·伯纳德　是的，这会儿，我全想起来了。

卡米罗　多久以前听说的？

唐·伯纳德　很久以前了，老伙计，上周二。

卡米罗　唐·伯纳德，您不会是在这件事上嘲弄我吧？

唐·伯纳德　不，怎么会嘲弄您呢，可亲可敬的卡米罗，我不会嘲弄您的。在谈对象这种事上，半小时之后，说变就变。时间，时间，老伙计，总是捉弄人啊。

卡米罗　时间，先生！您给我提起时间是什么意思？来，我看一看这是怎么回事。半小时的时间就可以毁掉人的名声吗？我给您说，老伙计，名声要么如同狂风一样，要么如同熟透了的银扇草，可以轻而易举掉落。时光老人就是这样说的。

唐·伯纳德　你要明白，卡米罗，你要把你的愤怒放到口袋里去等一会儿，让我把这件事的来龙去脉说清楚。我女儿，你一定知道，涉世未深，不可能不会对公爵的小儿子一见钟情。你知道，老伙计，到了我这个年纪，对于一切都无所谓了，因而，谨慎加谨慎，克制再克制，让一切顺其自然。这种事，谁也没有办法。说实话，老伙计，我根本不愿她这样。

卡米罗　我承认，老伙计，狐狸也许会在你的心里打洞，但是终会到底。要是我的良心也一样是坏的，一定是因为你这样的一位熟人给教坏了。老伙计，你身上有毒。

唐·伯纳德　你的脑子转得太快了，休想再从我这打探任何消息。

卡米罗　大人，要是我什么也不说了，你什么也不告诉我了。至于你会说什么，要是你真的想说，一定是假话。我去找莉奥诺娜。她若说的与你一样，那么，我相信，你老婆是真心对你，你的女儿也是你亲生的。告辞。

[下场。走进唐·伯纳德的家中]

唐·伯纳德 哈，我要奉上两个字与你分别。凑巧的是，我眼下认定，我女儿今天不须见任何人，特别是像你这样的访客。

[唐·伯纳德随后下场]

第二幕　第四场

[唐·伯纳德家中另一场景，莉奥诺娜在二楼出现。]

莉奥诺娜　倚窗而望，等了许久，真是无聊至极，
况且没有一人从窗下走过。
托陌生人捎信，要找一位面相诚实之人，
我们总是认为自己很有眼力，却总是受到欺骗。
亨利奎兹便是最新的佐证，
他龌龊不堪，让我心中滴血，
让我开始怀疑人世所有的美好。
他的面庞总是给人以真诚与体面。
来源于上天的体面外形常常骗人，
放下体面，幸福异常！
这不就来了一位，非常面熟，但不知姓名。
他同样长有诚实的面庞——就这样吧——大人！

[一市民上场]

市　民　说我吗？

莉奥诺娜　您的母亲一定是一位品德高尚的人，

（毫无疑问，你也一样）

我可以请求您帮个忙吗？

顺便问一下，先生，您认识我吗？

市　民　我认识，莉奥诺娜，也认识您尊贵的父亲。

莉奥诺娜　时间紧急，一两句话说不清楚，

您能帮我一下吗？

待时间允许，我再细说。

为了匡扶正义，您也同情他人的苦难，

这都离我求您的事远了一些。

您认识朱利奥吗？

市　民　认识，十分熟悉，而且也很喜欢他。

莉奥诺娜　真是上帝派来的天使！

那么我请求您将这封信带给他。

您的帮助就是替天行道，

您不会为您的所为后悔。

我也不知您在意不在意这点意思，

也许我很冒昧。请收下吧，仁厚的先生。

[将装有钱的钱包丢了下去]

唐·伯纳德　[在屋中喊道]

莉奥诺娜——

莉奥诺娜　我拜托您了！上天与您同在，

让我感到一丝宽慰。

市　民　小姐，我保证送到。您太让我感动了。

即使途中会遇到千万风险，

我为了您也在所不惜。

莉奥诺娜　您的恩德，我的感谢微不足道，您将来定会有厚报！

唐·伯纳德　怎么回事，姑娘——

莉奥诺娜　来了。

朱利奥，但愿你能消除我一半的忧愁。

你可乘风而来让我不再忧愁。

[莉奥诺娜从窗口走开]

第二幕终

第三幕　第一场

[背景为一乡村。朱利奥手拿一封信上场，市民也一起上场。]

市　民　她在窗户边一边鞠躬一边叫着我，
过于激动声音有些颤抖，
她的眼神涣散，空洞无光，
一种说不出的狂乱，
远远不是常人表现的那种凄怨。

朱利奥　可怜的莉奥诺娜！不忠不义的亨利奎兹！
她要我记着她面临的危险。
我一定记着，
我的脑子中再别无他想。
她放下身段给我说起这事，
要给我证明她对我的深爱，
期待她的信能够尽快送达。

上天都听到了她在信中的祈求，

我恭请上苍可以听到她的所有祈求。

市　民　先生，切莫着急。

朱利奥　尊敬的朋友，我想，我足够耐心啦。

世上有如此不忠不义之人吗?

简直下流至极。

其恶劣程度根本没有对手。

自称朋友的人根本不能这样!

什么是朋友之谊?

这个词语永永远远受到了戕害。

人类的本性奉朋友之情为最崇高之念，

即使在兽类之中也不是列为龌龊之情。

世上不堪之物都讲友情与和谐之规。

此等混球的罪行罄竹难书，

文人若不穷尽想象，

难以将其形诸笔墨。

市　民　怒骂可以泄愤，骂出来便莫再纠葛。

朱利奥　听从您的劝告。

对于您，无尽地感谢。您为我俩帮忙很多，

不能再有所打扰，我翻来覆去说服自己，

向您再提一个小小的请求。

市　民　尽管说来，

我一定诚心竭力，即使赴汤蹈火，

也要尽职尽责圆满完成所托。

朱利奥　一桩小事——

我一定要去见一下莉奥诺娜，

若是以朱利奥之身前往，

担心会坏了随后的好事。

我打算换上您的衣服：

做些伪装便可悄悄地去见我的挚爱。

市　民　这根本不是事。前方不远处便是寒舍，

加快步伐一会儿就到。

朱利奥　先生，真的非常感谢。

莉奥诺娜，变故真是太突然，

你毫不动摇应对这恐怖的侵害，

蔑视这位龌龊的有势之人，

我会用一生来偿还你的坚韧不拔。

第三幕　第二场

[唐·伯纳德的家中，莉奥诺娜穿着结婚的礼服走了进来。]

莉奥诺娜　怀揣着希望直至最后时刻，他仍没有现身。
他没有收到我的信。
也许我家里有人说了什么，
他才置若罔闻。
什么样的事可以让他如此不管不顾？
一切都不可能。
那么，他是不是让事情耽搁了。
那封信，难道是没有送出去，还是他病了？
还有一种情况，会让我恐惧至极。
朱利奥是不是有意将我放弃，
这是不是一个精心的策划，为了讨好亨利奎兹，
而他自己又有了新欢。

这些假定说明了一点，
他迟迟不来，根本不及亨利奎兹的火急火燎，
他没有一点嫉妒之心，就是缺乏真爱。
人死方可一了百了。
我的这个猜测也许离谱却有十足的可能。
亨利奎兹不会，也不敢背叛友情，
去招惹一位剑术精湛之人，
挑衅一位如他一样血气方刚之人，
这一点明明白白，清清楚楚。
他真的不敢。
他俩的算计真是太拙劣了。
有人偷听我说话。
[起身准备下场]

[伪装后的朱利奥上场]

朱利奥 慢着，莉奥诺娜。
我的面纱是不是让你认不出我了？
[揭开面纱]

莉奥诺娜 啊！朱利奥！
你的出现让我沉重的疑惑消失不见，
万般恐惧忧愁亦一扫而光，
这都怪我难见君面，
使我睡梦中受怕担惊。你哭了？

朱利奥　我没有哭，莉奥诺娜。

要是我哭，是因为我泪眼太浅。

我真愿我哭了，眼中的泪水可以滴落在我的心上，

去浇灭心中的熊熊火焰。

莉奥诺娜　你万事缠身，差事进展顺利吧。

从心底里欢迎你，

欢喜你来了结我最后的美好时光。

夏日的幸福不再，欢乐的日子远去，

这些美好对于我到期难续了。

朱利奥　不会的，莉奥诺娜。

莉奥诺娜　是的，朱利奥，真是这样。

风暴来临，不会消停，我忍受不下去了。

没有时间在这里多说，我们已经没有时间了。

长话短说：你不在时，所发生的一切，

全写在我的信中，

现在马上就要成真。

[喇叭声奏响]

听，音乐已起，

庆典就要开始，欢庆这不和谐的婚礼。

快给我说，你怎么办？

朱利奥　我不知如何应对，给我出出主意。

我要去杀了那个背信之人。

莉奥诺娜　一定当心，他的死亡对于咱俩没有一丁点儿好处。

不要动刀行凶，朱利奥。

朱利奥 我的血都凝固了，

我所有的感官都被蛊惑迟钝不已。

你就是那高贵的主宰，

守护着忠诚的誓言，保卫着伤痛的美德，

激发我去防止这可怕的恶作剧的来临！

这一刻属于咱俩。亲爱的，利用这个时机，

即刻逃离这座伤心的房子。

莉奥诺娜 这怎么可能呢！我被严格看管，

根本无法出逃。

你也得待在这里。

朱利奥 什么，待在这里，看着你在我的面前遭受凌辱？

我得强行将你带走，我难道没有宝剑，赤手空拳？

我的剑一样可以切断肉腿。

若是我忍受那个不义之徒的恶行，

若我不能拿出男人的气概，守护我的荣誉，

我不就是一个懦夫了吗？

只能遭受猫头鹰的侵害，

如同黑夜中的杨树在风中瑟瑟发抖。

[抽出随身佩带的宝剑]

男人有这个，

用长剑做一了断。

莉奥诺娜 朱利奥，不要莽撞，相信我。

我已想好了对策，让这婚礼胎死腹中。

[音乐响起]

听我说，这些声响在召唤你我。
看，灯光是射向这个方向，朱利奥。
快点，去那个屏风后面，
悄悄地站在那里。
不要争辩，我有我的理由——
你马上就明白。
在那里你可以观察夜间人们的走动。
还有，我出于至亲至爱之情要求你，
无论听到什么，还是看到什么，无论发生什么，
在你的藏身之地要如同寂静的雕像。
将自己藏好。
[拿出一把匕首]
瞧，
我有自己的武器，
我发誓会将我的鲜血奉献于你。
[将朱利奥推至屏风后面]
我不敢现在把我的打算说明白，朱利奥，
以防将你卷入痛苦之中，
否则我将难以忍受。

[亨利奎兹、唐·伯纳德及牧师从一边的门进入，佣人举着火把；莉奥诺娜的仆人站在另一扇门门口，亨利奎兹跑向利奥诺娜。]

亨利奎兹 怎么了，莉奥诺娜，
你要用你的黑脸，

来熏染我的大喜之日，
表现你的不满，展现你的不快，
拉着长脸遮挡本应显现出的爱情光芒？
看到甘愿做你的奴仆的我，
不要皱眉不屑，
在随后的寸寸光阴中，
我将为你肝脑涂地，
直至我对你的爱
将出身卑微的朱利奥
从你的脑海中彻底抹掉。

莉奥诺娜 所以我想你的行为污浊至极，
你的话语邪恶不堪。

亨利奎兹 走着瞧，你会变的。

莉奥诺娜 你为什么要挑我为妻，
一个易变的人？
这种做法太离谱，
自身毛病明显，
让您纯洁的判断力蒙羞。
您出身高贵，
我就不用箱底的存货来骂您，
也不用直言不讳地刻薄对您。
看在人间一切美好事物的份上，
请您注意言行，不要将我冒犯。

唐·伯纳德 我看你是疯了，一个不着调傻笨的倒霉蛋。

莉奥诺娜 我怎么能一面乖巧听话一面睿智无比？

父亲大人，我不能不听您的话，
我也不能没有脑子。
这两种品德不可得兼！
违背父命，则为不淑；
若听从父命，心痛难愈。——大人，想一下，
不久，或是在走入洞房之前，
这种婚约会遭到反抗，到时候大家脸上都不光彩，
只是明知不可为而为之之举——转念再想一下，
您可以将我的身体出嫁，但嫁不走我的心，大人，
嫁不出我的一丁点儿感情。
亨利奎兹大人的夫人是朱利奥的旧爱，
您不感到难堪吗？
您听到这种说法不觉得刺耳吗？

亨利奎兹 我的心上人固守着自己的防线，
理性的炮火根本不能突破，
胜利来临之日，你就会斥责这种落后愚昧，
并感到幸福满满，感谢我们从不放弃。

莉奥诺娜 亨利奎兹，不，不，
要是最终证实你的预言多么靠不住，
你就不会再做出预言了。

唐·伯纳德 说完了吗？
你要是不再听话顺从，你就想怎么做就怎么做吧。
若是你还听话，拉开门栓，离开，
我的祝福便随后就到。

莉奥诺娜 父亲大人，谢您宽恕！

我不会丝毫偏离我做女儿的责任，
那样，代价会十分巨大。

唐·伯纳德 行了，言之有理。
把手递过来。
[莉奥诺娜将手伸了过去。]
至高无上的大人，请接纳我的女儿——再说一句，不要反悔，
我会骂人的——我真诚地把她交给您了，
并祝您快乐，祝您名满天下。

[当唐·伯纳德将莉奥诺娜交给亨利奎兹时，朱利奥走上前来，站在两者之间]

朱利奥 住手，唐·伯纳德。
我求婚在先。

唐·伯纳德 你是哪一位，先生？

朱利奥 一位自己都不认识自己的倒霉蛋，
他已伤痕累累。

亨利奎兹 哈，朱利奥吗？——听出来是你。
你不是受命去了大公府？
不是领命待你差事了结方可离开吗？
你好大胆，作为宫中的差役，
未得授权便溜出宫来，
置我交办的差事与你的责任于不顾，你可知罪？

朱利奥 大人，太过小气了吧！
您了解了原委就不会抛出此等问题。
您在害我，如此不择手段，如此下流不堪，
用羞辱来玷污那珍惜荣誉的面颊，
毫不顾忌你我曾相互帮助，

您出卖友情，
将门庭之耀，将身家头衔，将世代荣耀，
抛洒不顾，
取而代之的是让满满的算计充斥您跳动的心脏。
若您还有羞耻之心，或还有正义之念，
大人，您放弃您的歪心眼，
不然，拿出您的长剑，
如同男人一样跟我单挑，
朱利奥一旦死于您的剑下，莉奥诺娜便属于您。
若他毫发无损，她便是无价之宝，与我不能分离。

亨利奎兹 自大之人！眼下大事太多，都要处理。
爱情的事则要优先处置。
您勇气十足，竟与我叫板，
我便抽空教训一下这种胆大妄为。

朱利奥 好，我不会放弃我的这个权利。

亨利奎兹 是在这里，拉开架势，单挑吗？
下人们，把这个大喊大叫的剑客轰走，
不要让他坏了我们的兴致。

朱利奥 住手，你们这帮狗！莉奥诺娜！懦夫，龌龊的亨利奎兹。

[朱利奥被佣人推搡出去，莉奥诺娜昏倒]

亨利奎兹 都是我，她才死了。来人啊！

唐·伯纳德 不要将她围住，让她换下气。

[众人竭力使其苏醒过来，此时从其身上掉落了一张纸。]

亨利奎兹　这是什么？捡起来看看。
是她自己的笔迹。

唐·伯纳德　把她的头抬一下！
她是太害怕了，一会儿就会醒过来。
尊敬的大人，信上写的是什么？

亨利奎兹　她要自杀，
她怎么天生就这么一种秉性？！
她身上有匕首吗？请你们去搜一下。

唐·伯纳德　找到匕首啦。这个固执的女人，
鲁莽得几近疯狂！

亨利奎兹　把她抬到房间去。
她的元气开始恢复了。
各位，不要惹她，好好照看她，
就如同伺候稀世珍宝一般。
[女佣将莉奥诺娜抬下]
唐·伯纳德，乱象马上就会平息，
恶因全部消除，这一切都会回归平静。
女人冲动之时虽短，但威力巨大。
请牧师[1]稍等一下。走，我们进去。
我的灵魂已被大火点燃，
容不得一点拖延，根本没有耐心了。

[离场，全场终]

① 基督徒的婚礼都要请牧师主持。

第三幕　第三场

[罗德里克上场]

罗德里克　朱利奥悄悄不辞而别，
我的弟弟久不露面，让人生疑，
（他不能吃苦，我的父亲对他十分了解。）
他不仅疑心重而且胡思乱想，
认定我要继承家产，
这让我寝食难安，
没有一点愿望去参与任何让心情愉悦的活动。
突然，犹如狂风飙起，
将这一切都吹散不见踪影，让我难拿主意。
我知道，我的弟弟寄宿在朱利奥的父亲家里，
向他打探，他一定会如同朋友一样和盘托出。

[卡米罗上场]

卡米罗 先生，真高兴见到您。

罗德里克 您老了许多啊，卡米罗。

卡米罗 是吗？

罗德里克 您不会把朋友都忘了吧？

卡米罗 朋友？您说什么？

罗德里克 不是吗？那些喜欢您的人，先生。

卡米罗 除非您就是罗德里克大人，否则您不算朋友。

罗德里克 是的，我就是罗德里克，

可以肯定的是，我没有撒谎，

我非常高兴您顺路由此而过。

卡米罗 我知道，您喜欢我家儿子，便顺路而过，

我知道，他毫无缘由地把宫中的做派都信以为真了。

罗德里克 [自言自语道]

真是不顺。

[转身对卡米罗说道]

尊敬的老先生，您说得太过分了吧。

卡米罗 大人，大人，您不觉得做得很不体面吗？

罗德里克 尊敬的先生，我根本不会做害人之事，

搞一些龌龊的行为。真是搞不懂您。

卡米罗 真的，说良心话，您也同样不知道，

您那品德高尚的弟弟，那位亨利奎兹大人，

（你俩长得真像，大人，您比他更加有过之无不及；

极度会装模作样，真让人作呕。）

他以购买赛马为借口，
将我儿子就要成婚的心上人夺走。
这样做难道是体面？是一位要好的朋友所做的事？

罗德里克 这种做法不敢认同。

卡米罗 你们夺走了他的爱情，
都拿去吧，坏事做到底，再去剥夺掉他的生命。

罗德里克 先生，如果您能听我说。

卡米罗 您的老父亲，非常果敢，要是他做了这不义之事，
他就会被五马分尸。
就我所知，要是他想到你们俩干了这种事，
这么龌龊、没有人性的恶行……

罗德里克 你疯话连连……

卡米罗 我说完了，我的心得以平复；您可以说了。

罗德里克 给您说，我是一位正人君子，请相信我，
（我从不说谎）那种不耻之为，
我连想都不会去想，
只是由于朱利奥与我那弟弟好久没有露面，我担心他俩会生事端，
所以才赶路至此，向您打探消息。

[薇兰蒂从台后走上台]

薇兰蒂 佣人外出闲逛打探消息。也许，他是为了我好。
[突然看到了卡米罗]
卡米罗怎么与一个陌生人在一起？
听一下他俩私聊，

也许可以感到些安慰。

我躲一旁听听他俩嚼什么样的舌头。

[薇兰蒂退下]

罗德里克 为什么有这么奇怪的想法？

卡米罗 您是亨利奎兹血缘上最亲近之人，

难道能是一个诚实之人？

罗德里克 若他是上帝，德行高尚，我承认我俩血脉相连，

但他现在堕落，没有一点体面，

他对于我来说就是一个陌生人，

即使昨日相会，今天也会忘得一干二净。

卡米罗 大人，请原谅，

我太唐突，也太无礼了。

罗德里克 先生，我一点也不觉得。

卡米罗 您真没有听说莉奥诺娜与您弟弟之间的事？

罗德里克 我一点都不知情。

[市民上场]

卡米罗 怎么回事？

市　民 先生，我给您带信来了，

我其实倒愿别人把一切都告诉您。

卡米罗 什么事？请说出来。

市　民 关于您儿子的事，先生。

卡米罗　请告诉我，他在哪里？

市　民　先生，这我就不知道了。

但是，我可以保证，

他疯了，不在这里啦，让上帝祝福他！

他参加了那场让人痛恨的婚礼——魔鬼附体了。

卡米罗　你快走吧，让丧钟为我敲响。

我已是半截入土的人了，

你走吧，朋友，你的话不值得感谢。

[市民下场]

大人，您没有什么不舒服吧？

罗德里克　那人没有说错，老人家。

我希望没有什么变故。

卡米罗　会的，

因为世界充满狡诈。

再见，可怜的孩子。

[唐·伯纳德上场]

唐·伯纳德　强势的女人一般都会这样，让人痛恨。

都是我的罪孽，我自己种下的苦果。

我就如同一棵年老的橡树，孤零零一人，

却要经受暴风雨的侵袭。

我真想大哭一场，但哭不出来，

眼泪早已流干，只是不堪这些烦恼。

主啊！我已经很累了！

可怜了我的心，可怜，可怜！

卡米罗　这恶虐的天气也让你遇见了？

唐·伯纳德　真是倒霉，怎么又遇见了你！

卡米罗　你不是来嘲弄我的吧？

唐·伯纳德　怎么会呢？

卡米罗　别装了。

你会碰见恶人的，一定与你一样混蛋，

你的诡计不能施展。

我希望我死之前看到那一天。

唐·伯纳德　你说的这一切根本不可能，

卡米罗，我就是一个十足的恶人。

如果你要血口喷人，

来吧，用你可以想到的词语，

我的确如此。

抽出你的宝剑，挥剑向我，

我会因此感谢你。

我失去了女儿，她悄无声息地不见了踪影，

她去了何方，我无法得知。

卡米罗　先生，你生了她，她福气满满。

你高大无比，而我十分寒酸，不能高攀与您成为兄弟；

你从此就可摇身一变挤进贵胄之列，

你便可以加官进爵。

我的境况让人耻笑，

与我联姻便会遭人蔑视。

我也丢失一儿，

此种痛苦难以忍受。

[拔剑而出]

罗德里克 慢着，听我细讲，

你们遭受了同等损失，不可怒火太旺。

你们爱子女之情拳拳，上苍一定会眷顾。

也许，不，肯定会将他们送还，

从而让你们心满意足。

我亦要不顾千难万险，走遍天下，四处寻访，

但有一心愿：家父德高望重，

亦为家中小儿郁闷不快，但常常做样强欢。

你俩患难与共，要如同棕榈之叶[1]，

去抚平逆境中的伤痛。

唐·伯纳德 来吧，卡米罗，

不要否认你的普世之爱；

我也要你行行好。

这位大人品德高尚，让我俩结成兄弟，

你我之间根本没有这种缘分。

忘掉曾经的我，忘掉我过去的事，

忘掉我过去的信条、理念。

我承认我干过错事。伸出你的手。

卡米罗 上天让你变得诚实可信——来吧。

[将手伸了过去]

罗德里克 这才像男人所为。

---

① 在西方的传说中，棕榈叶具有药用价值，可以医病。

不要停歇，我们分头去找。

每一个人负责几条道路，要找到我们丢失的朋友。

我的手下在乱石阵中等你们。

尽力搜寻，结束后，在这里聚集，

讲讲各自的搜寻所得。

[下场]

薇兰蒂　我真愿你的弟弟有你一半的德行！

还有一点希望之光，

就可照耀我寻找安慰。

尽管他们已成婚，但各奔东西了，

我要见到那位背叛我的男人，

戳痛他的良心。

家，我不会回的，无论等待我的是什么样的命运，

每走一步，我都如履薄冰，胆战心惊，面如死灰。

不，不，亨利奎兹，

只要有白昼，我就追寻你而去。

时间会带来奇迹。

[仆人上场]

你来了，有什么消息？

仆　人　很不好的消息，

您父亲出高价悬赏，

希望有人可以送您回家。

薇兰蒂　你吃黑钱了吧？

仆　人　没有。

薇兰蒂　此话当真？

仆　人　您千万不要吓唬我？

薇兰蒂　我真没有吓唬你。你面相真诚，

这张真诚的面孔，若要说假话，注意——

则是要遭天谴的物种。

仆　人　那么，我会上吊自杀。

薇兰蒂　你这样说，愿上天保佑你！

我听到过男人的誓言远过于此，

到头来却是虚假不堪，

我真愿，你不是这样。

仆　人　我用生命担保，女主人。

薇兰蒂　不用发誓了，我信任你。

但是我还是要提醒你，不要毁誓。

我不怀疑你的诚实，

我曾深信某人正经的面相，但却被其所害。

仆　人　如果我辜负了您的信任——

薇兰蒂　我完全信任你的诚实，也许是冤枉你了。

随后你会知道我遭受的磨难。

给我找一件牧羊人的衣服。

仆　人　好的，您还有什么吩咐？

薇兰蒂　傍晚时分，去我说的地方等我。

到那里你就知道我父亲的打算。一定当心。

仆　人　您对我还有戒心吗？

薇兰蒂　不是戒心，只是劝告。

我将生死一起放入了你的手中。

莫把回报与愿望在天平上进行度量，

从而颠覆自己的信念。

诚实是种美德，仅此而已，

拥有这种宝藏的人便不会道德沦丧。

[下场]

第三幕终

第四幕　第一场

[平坦的田野，远处群山逶迤。羊群主人，三四个牧羊人，薇兰蒂扮成男孩，混在其中。]

牧羊人甲　行了，他在人们的眼里总是可爱至极，上天让他无忧无虑。

牧羊人乙　他妈妈若活着，我相信，老伙计，此时此刻，看到他一定心疼不已。

羊群主　山里人迹罕至，寂寥空旷，还得忍饥挨饿，饱受狂风肆虐，他为何在此转悠？

牧羊人甲　先生，他郁郁寡欢，都是恶鬼作怪。我说，担心他中魔怔太深。

羊群主　他从哪里搞的肉？

牧羊人乙　他时不时地从我们这里弄些吃的，我们也想他吃点东西，他反而一点都不感激，狠劲打我们，然后自己便大口吃起来。

羊群主 他睡在什么地方？

牧羊人甲 哪黑睡哪。

牧羊人乙 我真不如俊俏的风骚女子那样吊死，不然就挺不过他的疯狂。

牧羊人甲 好了，要是他待的地方离我们不远，可以听到我们的声音，我想我们的悠扬歌声可以把他招来。您收留的那个孩子唱歌时，他会专注地站在那里，眼睛直勾勾的。他来了。

羊群主 不要招惹他！他奇怪地盯着我们看。

牧羊人乙 不要与他说话，先生们，不要让你们的肩膀遭罪。

牧羊人甲 他看上去极度狂躁。我想，是不是疯劲来了。

[朱利奥上场]

朱利奥 骑术精湛！见鬼去吧，把骑马之类的活动废除。

让那负鞍带辔的烈马回归它天生的狂野，

这种野性动物德性太高尚，

不应被人类驯服。

给他的弟弟写封信！

我是什么样的人？

珀耳修斯[1]都没有我更懂得骑术，

帕提亚人[2]可以不用缰绳便可驰骋大地，

他们都不及我在马背上优雅，沉稳。

当我祈祷之时，这个大人还不去死？你们不觉得时候到了吗？

牧羊人甲 [对朱利奥说]

---

① 珀耳修斯：希腊神话中的人物，传说中他骑着名叫珀伽索斯的带双翼的骏马。

② 帕提亚：指历史上的第二波斯帝国（公元前247—公元前224年），现在的伊朗地区，也称为安息国。

我真的无言以对。

[对羊群主与牧羊人乙说]

无论是我，还是西班牙的圣徒，都破解不了这狂野的疯话。

朱利奥 我必须去大公府，那里已写就成堆的赞扬之声，

可以带我进入优雅！

魔鬼！这个毒气肆虐的世界，

赞美之声就是诱饵，让人毁灭。

先生，所有的好言好语都是锁链与镣铐，

将我牢牢地捆绑于此，而那些虚情假意的赞美者，

却在外面玩着不忠不义的游戏。

[对牧羊人乙说]

慢着，到这边来。

先生，你似乎拥有令人称奇的智慧，

而且，让人们似乎觉得你知识广博。

你见到过地球上的凤凰吗？

也就是那天堂鸟。

牧羊人乙 说真话，没有见过，先生。

朱利奥 我见过，而且熟知她游逛之所，

也知她在何处用桂树枝搭建小窝。

我就像傻子一样，轻信他人，

把自己的宝藏展示给了一位可信赖的朋友，

他却从我手中将她夺走。

莫轻信朋友！将心中的话珍藏起来。

你有女朋友了吗？

不要在话语间泄露她的存在，

也不要自负满满肆意将她的美貌示人。
爱情可以传染，
轻声的赞美，或偷眼一瞥，便可浇灭升腾的火焰，
朋友便成为背信弃义之人。
我说的确定无疑，我的疯癫由此而生。

牧羊人甲 真是这样！这人疯疯癫癫，话语之间还有些道理，我们从中受益。

羊群主 看，他冷静下来，开始沉思了。
小伙子，走，我们去看看，但是别这样瞧他。

薇兰蒂 啊呀！我都颤抖起来—

朱利奥 俊美的年轻人，
过来，孩子。
你的歌声是不是指的某段爱情？

牧羊人甲 [对羊群主与牧羊人乙说]
哈哈，去他身边吗？
要是这个小伙子足够聪明，我们就能打听点什么。

薇兰蒂 先生，是的，歌中讲的是爱情。

朱利奥 坐在这里。
来吧，不要战栗，漂亮的小人儿，
也不要怕我。
我不会伤害你的。

薇兰蒂 你为什么盯着我看？

朱利奥 那是有原因的。
我的哲学似乎讲不通了，
狂野的风暴，炙热的太阳，还有那淅淅沥沥的雨水，

在你这个年轻人身上没有剧烈打斗的痕迹，

红扑扑的脸蛋，如鲜花吐蕊，也没有受到伤害。

你哭了，是吗？

薇兰蒂 我有时会哭的。

朱利奥 有时，我也哭。你真年轻。

薇兰蒂 确实，我眼见到的凄凉悲伤多于我的年龄。

朱利奥 这一切都没有伤害你的容貌。

你有一颗坚强的心脏，你比我快乐。

我敢保证，你是一位有着仁爱之心的女子。

薇兰蒂 先生，女子？

[一旁自语道]

我担心他看出来了。

牧羊人乙 [对羊群主与牧羊人甲说]

他把小伙看成了女子，又疯了。

朱利奥 你爱上了一个人，但遇到了不幸，遭受了玩弄，

我在你的脸上看出来了。

薇兰蒂 你看的差不多。

朱利奥 这个世界，充满了狡诈与奸佞。

女孩子一定要格外小心。

我认识一位公爵的公子，他十分恶劣。

你会听我的吗？

薇兰蒂 听。

朱利奥 结束自己的生命。

那个恶棍的良心在余生中只有恐惧，

让他度日如年。

薇兰蒂 那不行。

你说什么？

去自杀！

朱利奥 我说的就是。

羊群主 我担心他的疯癫又来了。注意他的手。

[对朱利奥说]

先生，

不吃点什么？

朱利奥 [对牧羊人乙说]

你说谎，你不能中伤我。

我不会做更多出格的事。

[对薇兰蒂说]

悄悄走到我的后面，女士。我替你出气。

薇兰蒂 感谢上帝，有人保护我了。

朱利奥 背信弃义，龌龊至极的亨利奎兹！我抓住你了吧？

[朱利奥抓着牧羊人乙。薇兰蒂跑下场]

牧羊人乙 [对着牧羊人甲与羊群主说]

救命啊！救命，老伙计们！不然他要把我搞死了。

朱利奥 你要用血来偿还所有的恶行，

压得我喘不过气来的恶行。

你这个背信弃义之徒！恶棍！我要喝你的血。

牧羊人甲 尊敬的先生，不要急，这位不是亨利奎兹。

[牧羊人甲与羊群主将牧羊人乙解救下来]

朱利奥 行了，让他溜回宫去吧，当个懦夫。
不是他父亲的所有警卫都可护卫他的安全。
若是凡人的武力不能奈何于他，
我会约招天上的所有圣人，
借我复仇之力。我要单刀直入，
云怒天翻与他开战。
愤恨之情如鬼随行，天鹰吞噬他的心脏，
大地将所有的疫病倾泻在他的身上，
所有这些联手去惩罚背信之人。

牧羊人乙 去吧，去报仇雪恨吧！
来，摸下我的鼻子。伙计，是不是动得特别快？

牧羊人甲 与原来的没有两样。

牧羊人乙 他拽着我的鼻子，就像拽着牛屁股后面的尾巴。要是换上其他人的鼻子，老伙计，谁知道这鼻子现在会在何方。他打在我嘴上的一拳太狠，我都不能吹口哨召唤我的羊群了。这些羊可以安安生生地享受假期了。

牧羊人甲 得了，咱们走！我担心，那个年轻人回来，就是第二道菜上桌，会更加倒胃口。

羊群主 你们走在前面，
我去给那个小伙子交代几句，
随后就到，大家一起喝一杯。

牧羊人甲 好极了，不要耽搁。

羊群主 不会耽搁的，各位先生。

[牧羊人甲与乙退场]

此人一定不是男的，

他的嗓音，他的气质，他的举止，他的所有一切，

都透着柔美，透着女性的娇嗔。

他的这身着装，他的外套，

诉说着他的身份，也在说服我，

他扮成乡下小伙，暗藏某种目的，

而不是故意为之。

我已等了很久，去看一下他乔装打扮的目的；

但是仍没有十足的把握。

那个疯子的胡搅蛮缠，让他颤抖。

他的这些担惊受怕说出了真相。

若是证实了他的身份，我则心满意足。看，他来了。

[薇兰蒂上场]

孩子，到这里来！你把羊群留在什么地方了，孩子？

[轻抚他的脸庞]

薇兰蒂 在坡下吃草呢，先生。

[自言自语]

这样子摸人的脸，他这是什么意思？

但愿我的身份没有泄露。

羊群主 你学会打口哨了吗？什么时候将羊圈起来？那些落在后面的羊怎样让狗撵过来？

薇兰蒂 先生，我会慢慢地学会这些规矩的。

我有心去学，但是学得很慢，先生。

羊群主 真是个好孩子。孩子，你为什么脸红？

[自言自语]

一定是个女人。

[对薇兰蒂说]

给我说说，孩子。

薇兰蒂 [自言自语道]

天啊！我抖得太厉害了。

[对羊群主说]

太不寻常了，作为一个羊群主，

如此和善对待一个贫穷的孩子，而且他处处都不在行，

只能用祝福之语回报。

并且，我常听老人说，

娇惯会使孩子们粗俗张狂。

羊群主 你很会说话。

薇兰蒂 [自言自语道]

他的眼睛中放出如火一般的光芒，

在度量我的每一寸青春！

[对羊群主说]

母羊要喝水了，先生。

我需要赶它们去池塘吗?

[自言自语道]

真希望离他有五英里之遥。

[羊群主一把抓住她]

他怎么抓住了我！

羊群主 来吧，来吧，孩子，抓住你肯定还不行，

你把我当傻瓜了。

你的手太细腻了，一只纤细的小手。
颜色永远不变，你知道我的意思吧，
你的手像女人的手。

薇兰蒂 你太过分了。
即使我是一位女子，知道你诚实和善，
为了某种目的乔装打扮，
你也不能对我无礼。

羊群主 来吧，你天生就是让人爱的。
你从不从？与你谈话都让我疯狂了。
你说什么都没有用，不能让我平息欲火。

薇兰蒂 天啊，你不能放任这些虚妄的情感，
如同龌龊的小偷一样剥夺你的理智。
我要是一个女子，会伤心地给你说，
你要是还有一丝人性，
你要是在灵魂中还有一点绅士之态，
你只能同情我丢失的青春。

羊群主 现在不要说没用的话——

薇兰蒂 杀了我吧，先生。
如果你还有一点仁慈之心，把我的命拿去吧。

罗德里克 [在幕后说道]
喂，牧羊人，你们听见我给你们说话了吗？

羊群主 这是一位什么样的大喊大叫的混蛋，真是倒霉。

薇兰蒂 无论他是谁，上帝保佑他。
[跑下台]

[罗德里克走上台]

罗德里克 好啊，朋友。我想你们都在地里面睡着了。

羊群主 你没有说实话，你这样想的时候还在路上。

罗德里克 [摘下头上戴的帽子][1]

我谢谢您，先生。

羊群主 [指着他的帽子]

我请您戴上吧！没有一点必要，先生。

罗德里克 刚才那个男孩哭着跑了吗？

羊群主 是的，怎么了？

罗德里克 你为什么要揍他？

羊群主 让他长大。

罗德里克 你可真会用药！你能不能告诉我怎么去近处的修道院？

羊群主 你怎么知道有修道院？是的，我能告诉你，但是，问题是我愿意不愿意。说实话，我不愿意。再见。

罗德里克 一个粗俗的家伙。他们都是这样吗？

我弟弟亨利奎兹反复写信给我说，

他的内心所爱在不远处的修道院，

不断恳请我让我帮忙将她带回家。

卡米罗的话里话外，

又使我疑心重重。

约定在这里相会，一定是这里。

他来了。

[亨利奎兹上场]

看，我弟弟来了，

---

① 在欧洲，见面时脱帽是一种表示尊敬对方的礼节。

什么事让你匆匆忙忙？发生什么揪心的事了吗？

亨利奎兹 我在信上给你说了，先生。

罗德里克 是，你在信上说，你的女朋友不见踪影了，

你的心可以为她流血，

但是，你没有提如何赢得她的心，

让她从修道院的幽居中走出。

你凌乱无序。

亨利奎兹 高贵的哥哥，

我承认，我太随意任性，

放任青春不羁的热情，毫不约束莽撞的欲望。

但是，你要知道我不会以你为榜样遵从道德而

放弃自己的欲望。

直至目前，我激情四溢、血脉偾张，

大脑缺血，不能思考；

若不能得到她，

来日会痛苦不堪，永不安宁。

我爱得太深了。

罗德里克 你用什么手段？她深居于修道院中，不是吗？

高墙环绕，你我难涉足。

除了四处奔波的游僧，没有人可以入内，

你我也不要指望踏入半步。

亨利奎兹 要是有什么办法进去，

让我干什么都行。

罗德里克 你这么深情？

[自言自语说]

我帮他一下，不能让他太没有体面。

[对亨利奎兹说]

做弥撒时装死，这样可行。

我们假装运送一具尸体，举行葬礼，

时辰已晚，不得不将棺木停放在教堂大厅。

此乃不得已为之，期盼博得他们的厚爱，

莫再坚持肃静，亦莫再遵循修道院的规矩。

亨利奎兹 抓住机会，有一葬礼就要举行，我们可以利用空置的棺材。

即使有所花费，也要承担，将我们的计划付诸实施。

不错，哥楚德。

[哥楚德上场，亨利奎兹向他耳语，然后哥楚德下场]

罗德里克 我们住下消停后，

就可安全无声息并顺利地将她运出，

但是，弟弟你要遵守我提的条件。

要是你的心上人回到我们中间，

在父亲眼中她就成了稀世之宝，

向她求婚，赢得芳心；

但是如果父亲的意愿不能与你的目的一致——

亨利奎兹 不要怀疑。

我的眼光不同寻常，

她就是一位高尚的姑娘，

她出众无双，集天地之华。

如果女人真的可以成为天使，

她就是第一人。

罗德里克　好，情人的赞誉在常人看来平常不过，不是饕餮盛宴。

规划一下我们的计划。

一切就绪，天就黑了。

第四幕　第二场

[朱利奥与两位绅士上场。]

绅士甲　尊敬的先生，不要着急。

朱利奥　莉奥诺娜，

上天将你锻造得坚强不屈，一般女人远不能比。

我曾多么幸福啊！

绅士甲　[对绅士乙说道]

他平静下来了。

趁着这个机会，我劝劝他。

[对朱利奥说]

这里荒凉寂寞，先生，

让你感到痛苦不堪。

世上有更好的理由，

可以引导你摆脱忧郁的状态，

从而不再难过。

[台后笛子声起]

朱利奥 听到了吗？这是天籁之音！你什么也没有听到吗？

绅士甲 先生，我听到了，是某种甜美乐器奏出的声响。

可这里无人居住啊。

朱利奥 是，是，没人，但更好。

绅士甲 在这里能听到音乐，奇怪啊。

朱利奥 这些甜美的精灵总是伴我左右，

那些死去的不走运人的魂灵，

不愿离开，留在了变心女人的心中，

便常常在这大山之中徘徊。

薇兰蒂 [在台后唱道]

醉心的回声，一直前行，莫忧伤，

留心听一听一位伤心女孩的歌声。

去给那个耳根子软的小伙子说说，

他那虚情假意的誓言确确实实是个真实的谎言。

去告诉他，我的心中承载了几多哀怨，

看一看他的心中是否感到了我的心酸。

此时此刻他必须来消除我的绝望，

不然，死神就会立马来到眼前。

绅士甲 看，他的灵魂在他心中挣扎！

这哀怨之音直抵他的心房。

朱利奥 悲天悯人的哀伤！

你没有恋爱过吧？

绅士甲 没有。

朱利奥 那就别吵，学一下什么是哀怨。

薇兰蒂 [在台后唱道]

去告诉他，我的心中承载了几多哀怨，

看一看他的心中是否感到了我的心酸。

此时此刻他必须来消除我的绝望，

不然，死神就会立马来到眼前。

朱利奥 难道这不是天籁之音？

绅士甲 先生，我从来都没有听到过此类的声音。

朱利奥 我给你说，好朋友们——真的，无以言表，

这种声音莫名其妙地让我感动。

这是天籁之音，散发出一种祥和，穿透我的心灵。

我真想知道，悲切之情，

可以带来此等从来没有的婉约之情，

让我的凄惨不见了踪影。

让开，让开，让开——朋友们，她来了。

[朱利奥与绅士们退到了旁边。薇兰蒂上场，头发凌乱]

薇兰蒂 真得好好谢谢这嶙峋的大山，

谢谢这些狂野的大树，

不能只感谢那些品德高洁之物。

它们在回声之中，

又一次聆听我的抱怨与哭诉。

所有的好人都沉睡不醒。

高尚中的一切灵性，一切温柔，

都不见了踪影——不，只是没有人记得——

在恐惧之中，我期待有人给我一些建议，

平抚我的怨恨，替我伸冤。

朱利奥 这种凄苦真是太打动人了，却难以诉说。

薇兰蒂 自我的毁灭，

要经历什么样的危险？

要面对什么样的羞辱？

对一位清新的小鹿下狠手，

邪恶不堪的羊群主！

难道他把孱弱的小虫看成与他们一样，

身上流淌着腐臭的血液？

其实，这些小虫不过就是讨口粗茶淡饭。

想到此，我浑身战栗，

愤怒至极，

若不是那个好人及时出现，

我会遭受什么样的不堪。

朱利奥 她不是莉奥诺娜，但她是天外之物。

她若再开口说话，仔细聆听，

我就如同心上人在海上捕鱼的女人，

她们每天清晨会专注地打听风的走向。

薇兰蒂 难以将那虚情假意之人从记忆中抹去，

姑娘们，即使我死后化为灰烬，

你们也能听到关于我的凄惨故事。

一定要有智慧，
不要轻易相信誓言，
不要轻易相信眼泪，
不要轻易相信承诺，
这些都是骗人的把戏。
男人的诺言，如同天上的云朵，
此时形态宜人，彼时便了无踪迹。
他们骗人有术，（但也常常受到欺骗）
欺骗他们敬重的天神。
骁勇，公正，谨慎，诚实，
这些都是他们看重的美德，
借此他们可以装扮成圣人，实际上他们奸佞无比。
就是凭借这些海怪之声，引诱我们走向堕落。

朱利奥 你没有哭吗？
我都为她泪如泉涌。

绅士甲 她哭得稀里哗啦了。

朱利奥 让她哭吧，这样也好。
不然，她的心就碎了一地。

薇兰蒂 虚情假意的亨利奎兹！

朱利奥 一点没错。

薇兰蒂 你这个傻瓜，抛弃了薇兰蒂，
她对你深信不疑，她爱你如幼童般纯真，
这才使你这样，你，去死吧！
世上没有什么值得追寻的了，
除了走向静静的坟墓，没有什么会让我感到自在。

我过去一直感受到的痛苦，还有即将到来的痛苦，

都安睡在了一起。

命运会将那个虚情假意的亨利奎兹带到这里，

让他守着我没有血色的尸体痛哭懊悔，

并以让人喜爱的葬礼来告慰我四处游荡的灵魂。

[说着走着]

朱利奥 [走向前来]

别走，女士，别走。

难道你不是薇兰蒂吗？

薇兰蒂 那是很久不用的名字，

只是那些知道我命运的人才用的名字，

总是让我感到恐惧的名字。

你是谁，先生？

确实，我就是万念俱灰的薇兰蒂。

朱利奥 以我对世俗之规的了解，

别人都叫我朱利奥，受了很大冤屈的朱利奥。

薇兰蒂 朱利奥！

朱利奥 人们过去都这样称呼我。

让人诅咒的亨利奎兹能把你变成男孩子，

他同样可以施恶于我，

让我悲惨至极，

你我遭受了同样的伤害。

薇兰蒂 我十分清楚。

请原谅我，

我不知道你的忧伤，不能体察你的人品。

我记得，上次见面之时，

你的嗓音直冲我的耳际，

似乎十分耳熟，

但是，那时我的哀怨如同滔滔江水，

洗刷掉了所有记忆。

请坐下，（我有了一位同病相怜的朋友）

仔细听我说，

给你说说莉奥诺娜的事，也许你会感到宽慰。

朱利奥 好人好报！

从今以后，我保证，不会离你半步，愿上天护佑。

但是，且慢，你我找个别的地方，

我们用凄凉的脚步找到一个更为幽居之地，

便可不受打扰地诉说彼此的伤痛，

详细地倾诉各自所遭受到的伤害，直至泪水喷涌，

各自的哀伤都会感染对方。

诉说愉快之事吗？那就会让愚者更愚。

这些事我们不要提及，只谈谈所有的失望。

身历凄凉处，犹如悄然进坟堆，

喟叹伤悲事，气若游丝人难还。

第四幕终

第五幕　第一场

[背景为逶迤的群山，罗德里克、莉奥诺娜、亨利奎兹上场，莉奥诺娜戴着面纱。佣人们一身奔丧者的打扮。]

罗德里克　女士，放宽心，没事了，
剩下的就是堂堂正正地过日子。
请原谅我，用暴力的方法，
将你拉出静心安稳的沉思之境，
你死后去另一个世界再做这些不迟。

莉奥诺娜　我在哪里？

罗德里克　不是在修道院。
莫害怕，也不要担心，
你的名声不会受到伤害，
就如同你在修道院里一样保险。
你要知道，我们的所作所为，

（我断定，你一点也不了解）
是不得已而为之，有爱你之人，
为了你死去活来，
这都是要保全他的生命。
他就是我的弟弟，也是你的朋友。
就是因为他的极力主张，
我们才深夜停棺在修道院的高墙之内。
让你受到了惊吓。

莉奥诺娜 您就是罗德里克大人，
品德高尚，通情达理。
你能抛弃这一切，
为你这样的弟弟出头，
你的弟弟罪行累累，
你的弟弟不忠不信，
你的弟弟背信弃义，
你的弟弟凶残无道。

罗德里克 [盯着亨利奎兹]
这些指责触目惊心。

莉奥诺娜 若是你愿意让我认为你仍敬重美德，
希望你的女儿们具有道德操守，
但她们却如此担惊受怕，
你是否会安排警卫，护卫我的安全，
不受亨利奎兹的侵扰，如此这般我就感到十分幸福。

罗德里克 过来，先生，做出你的回答，
我是一个有灵魂的人，对你所做的一切感到羞耻。

亨利奎兹　莉奥诺娜，看，我处于自责之中，

我匍匐在你的脚下，祈求你的宽恕。

若我有错，玷污了我的爱情，

悖逆了人们理性的法则，

人们用这种理性审视独身时的所为，

遵守这些理性，就是正义。

一切可以让人眼中一亮的东西，

其神圣的光芒直穿心灵，

但不为这些所动，

便能拆除心灵中因邪念而起的大厦，

从而可使我的内心燃起贞洁的火焰。

莉奥诺娜　请起身，请起身，大人，

你的情感如此加以伪装，会令人更加憎恨。

想象有人会真心实意地爱我，

即使是恶棍，我就一定要爱吗？

还是我真的就要饮下这杯酒，即使杯中有毒，

也要认定这全是真心实意的爱吗？

罗德里克　[将莉奥诺娜拉到一边]

女士，请到这边来。

也许我在你的故事中，

不是一个十全十美的角色，

但是，你自己也有不对，需要更正。

你耐心一些，与我们同行，

不远处有一房舍，

站在这里便可看到，

到了那里，你的不安就会消除。
那时，你的凄苦不仅会感染我的弟弟，
也会让我感同身受。
把我的仆人当成你自己的仆人，随意使唤。
我既然身为绅士，便不能将自己的意志凌驾于你的意愿之上。

[当他们准备动身外出之时，薇兰蒂走了进来，一身男孩装束，拉着罗德里克的衣袖，其他人离去]

薇兰蒂 耽误您一小会儿时间，请不要嘲笑我的年轻幼稚。

罗德里克 [对着离去的众人喊道]
照看好那位女士。我随后马上就到。
——你这个小孩有什么烦心事？为什么单单找我？

薇兰蒂 看到您德行高尚，
信誓旦旦地帮助那位凄苦的女子，
才使得我斗胆来打扰您。

罗德里克 你莫非就是看羊的小男孩，
问路时，你从我的身边哭着跑开？

薇兰蒂 感谢上帝，您救我一命。

罗德里克 我如何救你一命？

薇兰蒂 我就是这样子想的。
实际上，我就是一女子，
一位您的弟弟曾爱过的女子。
或者说，他谎话连篇，
老天已将他饶恕。

罗德里克　不要哭，好姑娘。这个放荡的弟弟！

那你为什么要在这大山之中瞎转呢？

薇兰蒂　我们边走边说，行吗？

我向您保证，先生，

这些贫瘠群山藏着许多你弟弟制造的惊奇。

这里还有一位叫朱利奥的人，

他十分不走运，但是品德高尚！

他也受害无穷。

罗德里克　又是一位受害者——

薇兰蒂　是，先生，我说的是朱利奥。

瞌睡得睁不开眼睛了，

你们走近时，他一直观望，缺觉太多。

罗德里克　弟弟啊，我们得搞清楚你的虚假藏得有多深。

若此话当真，我不干它事，要立即去找他，

我希望这一切都善终无虞。

如果真是他，我彬彬有礼的兄弟，

我得先见见他。

姑娘，你让我大喜过望。

你有权利维护自己。

你可以去尊敬的公爵那里告状，

你不要怀疑，

你所有流过的眼泪都会由公爵主持公道。

带我去见朱利奥。

第五幕　第二场

[房舍中的一间屋子。公爵、唐·伯纳德及卡米罗上场。]

卡米罗　大人，您多了一个儿子，他多了一个女儿，我则有了继承人。但是，顺其自然吧，我管不了了。无论怎样，我再絮叨都是快进坟墓的人了，总有结束的一天。

公　爵　先生们，哀怨于事无补。

卡米罗　先生，让我死了，我会多挤出一滴眼泪。向天起誓，我哭了很久，我如同主持公正的神明①一样是个瞎子。苍鹰（是除我儿子之外的宝物），我看到它若飞得高于屋顶，我一定会像猎人一样用枪瞄准它。

公　爵　它会像人一样哀伤。

唐·伯纳德，你就是四月的雨神，

不是倾盆大雨，就是露珠点点。

我不是在指责你，

① 在西方神话中，代表公正的神明与代表幸运的神明都是盲人。

我自己也有同样的感觉。

咱们走吧。他们都是一些不听话的孩子。

唐·伯纳德 好的，大人，

也许他们会变的。

卡米罗 让他们自由发挥吧。他们年轻，任性，多经历风雨便会回头。

唐·伯纳德 我真希望我的女儿回到我身边。

卡米罗 伙计，告诉我，难道你不希望她给你带个崽？

唐·伯纳德 我不在乎，只要是当爹的正大光明就行。

卡米罗 机会合适，你就让她抓紧，

你也得让我儿子抓紧。

你也得去看看你的家伙好使不，

以便承上启下。

公　爵 你们说罗德里克要你们在这里等他。

他误了时间，

他在信上火急火燎要我赶到这里与他相见。

我担心有什么不测，

这么晚没来，怎么回事？

[一先生上场]

先　生 禀报公爵大人，

罗德里克到。

公　爵 谢谢你的通报。

报告得正是时候。他是一人来的吗？

先　生 不，前呼后拥，一干人马，

还跟着一口棺材，举行出殡仪式。

[下场]

公　爵　祈佑上苍，亨利奎兹还活着！

卡米罗　我倒霉的朱利奥应该活着。

[罗德里克匆匆上场]

公　爵　欢迎，欢迎，欢迎，罗德里克！

说，发生了什么事？

卡米罗　大人，你带来的是好消息还是噩耗？

该来的就来吧，

我也就再活一两个月了，

若是痛风这个疾病不作恶，

再骂两句我的医生，

然后——

[他哼起了儿歌]

墓碑石头砌垒，

埋着七十一位。

罗德里克　大人，您有男人的耐心。

家父大人在上，

请莫悲伤，

小儿这次旅程，不是空手而归，

有所收获，可以抚平您的伤悲。

公　爵　来的正是时候，我儿，快快讲来。

[莉奥诺娜上场，脸上戴着面纱，后面跟着亨利奎兹及佣人若干]

罗德里克 与我一道的众人可以作证，

在外之时总是手忙脚乱，

就是要将此事了结。

唐·伯纳德，看，面纱下的脸庞，

就是您的女儿；

我的父亲大人，您看，

她的身后是您流浪在外的儿子。

如何找到他们，并将他们带来见您，

还需更多的时间慢慢道来。

亨利奎兹 [旁白]

我的父亲在此！

还有朱利奥的父亲！真让人不解！

[对公爵说道]

儿臣匍匐跪地请求宽恕。

唐·伯纳德 我的女儿！

[拥抱莉奥诺娜]

你有了新生。

公 爵 [对罗德里克说道]

我很久都没有如此舒畅了，

你，我的儿子，

让我的心境平抚如初。

[对亨利奎兹说道]

我希望你不要把你的过失都带回来。

卡米罗 好啊，你们都心情舒畅了，唯有我不爽。你们毁了我，弄死我的儿子朱利奥——你们欺骗了他，毁了他，我一点都不高兴。

罗德里克 先生，您耐心一点。

给我时日，腾出手来，

一样让你心满意足。

卡米罗 谢谢大人您！

若时光仁厚如此完成此愿，

我们便如同至亲好友一般，长乐长欢。

但是，老伙计，时光难有闲暇，

不可能将好事再做一遍。

唐・伯纳德 孩子，振作！你的眼泪让我魂不守舍。

公　爵 姑娘，听你父亲的话。

莉奥诺娜 心甘情愿。

公　爵 父母之声等同上帝之语，

他们在孩子面前就是天庭派来的执政官。

不要仅把父亲当成日常摆设，

只是可以育种繁衍，（野兽飞禽都与人类不差上下）

而是规划航路，引领青春穿越暴风骤雨，

避险化难，扬帆奋楫，

矫正常常弯曲的道德航线。

这些便是父亲的担当，

这些便是父亲为儿女迎接的挑战。

顺从便是天使般的奉献，

这就是儿女们履行的职责。

唐・伯纳德 谨记公爵教诲，好姑娘。

莉奥诺娜 我尽心竭力。

[对公爵说道]

尊敬的大人，

我有一个请求，也许不恰当，

我的父亲不要再絮叨我，给我压力，

让我立即做出决断，请他耐心一些，

让我将难舍难分的爱人埋葬，

随后我才能握手道别，与过去的悲伤再见。

卡米罗 盯着我看干什么？

真是的！我不能帮你什么。

莉奥诺娜 能干什么，

只能哭别被谋害的朱利奥。

卡米罗 灵魂离你远去之时，愿你的灵魂福气多多。

莉奥诺娜 大人，不举行这种令人忧伤的祭奠仪式，

我根本不会再有爱情。

真心爱过的女孩子，

若她们对得起这种高尚的表白，

就会把她们的爱人安放在这里，这里，

放置在她们的心中，

放置在她们的内心，内心的最深处。

不是表现在眼睛里，不是停留在口头上，

爱情会疏忽不见了踪影，会被眼泪洗刷而去，

不再印刻在记忆中了。

我的爱人，不是一种肉身的存在，

时光，死亡都不能将其抹去。

亨利奎兹　你自己做决定，

我把决定权封存在你贤惠知礼的手上。

卡米罗　姑娘，不着急去找另一半，

这是我的建议。

你是无可挑剔的。

你的父亲（毫无疑问，不配生出你这样的姑娘）

曾是个不错的人选，曾是个真君子。

这一点还要感谢你的妈妈，——她的形象没有损伤。

真希望我还能重返年轻，有你为伴，

胯下骑骏马，手中有宝剑，遗产成堆待继承。

[用手打出一个响指。在他说话期间，薇兰蒂先后一两次探出头来，最后回到了原处]

公　爵　那个男孩怎么回事？

他不止一次探出头来，

我注意到他，他又回归原位，似乎有点害怕。

罗德里克　是那个孩子吗？放羊的孩子吗？

公　爵　是的。

罗德里克　弟弟，他是你的书童，曾经是，刚到。

亨利奎兹　我的书童？什么书童？

罗德里克　他说，他是你的书童。

还有，更糟的是，是你把他从他的朋友处拐来的，

并答应他你会对他好。

亨利奎兹　我，对他好！

罗德里克 一次不算机会的机会，让他溜到这大山之中，
要不是我们在路上碰到，他就饿死了。
弟弟，这是不是很凑巧啊。

亨利奎兹 你在说着玩呢吧？

罗德里克 我说的是正儿八经的实话。

公　爵 要是真的，就太坏了。

亨利奎兹 这都是虚构的故事，大人。
哥哥，一定是你找的傻瓜编的恶作剧；
一看就是。
大人，请允许我与这个男孩对质。
要是他认识我，说我从他朋友处拐走他，再将他抛弃，
您就不要认我了。哥哥，不要冤枉我。

[*薇兰蒂上场，一身男孩打扮*]

罗德里克 这是不是那个男孩？要是他否定了所说的一切，
那我就是冤枉你了。

公　爵 听我说，孩子，你姓甚名谁？

薇兰蒂 福力罗奥，大人，名字不好。

公　爵 长得很不错。
你是哪里人？

薇兰蒂 山那边。

公　爵 有亲人吗？

薇兰蒂 有一父亲，但很穷。

公　爵 你怎么到这里来了？为什么要离开你的父亲？

薇兰蒂 [指着亨利奎兹]

这位尊敬的先生曾经喜欢我，

我没有说谎，他对我宠幸有加，

向我许诺，得到了我的青春和我父亲的认可，

我便随他而去了。

罗德里克 弟弟，你还有什么可说的？

卡米罗 大人，你还有什么可说的？

亨利奎兹 我用生命与灵魂担保，先生，这都是鬼把戏。

我从没有见过这个男孩。

薇兰蒂 先生，不要用灵魂来见证恶行，

一点也不高尚，不承认自己的所作所为。

要是我说谎，让正义之神用棍棒惩罚我。

公　爵 得了，亨利奎兹，

这个孩子没有一丝狡诈之气。

卡米罗 多好的孩子！

[对薇兰蒂说]

别怕，想说什么说什么，孩子。

肯定，上天本要你是个姑娘，

却欺骗了你成了男孩，一点也不奇怪。

公　爵 他为什么抛弃你？

薇兰蒂 原因我真不知道，先生。

我深信不疑，他不可能这样做。

就我职责所为，他无话可说，

我年轻力壮，尽力取悦我的主人。

我也不会摸东偷西，做一些万劫不复之事；

也不说谎，我虽然家境平平，但是诚实守信。

公　爵　别哭，孩子。

卡米罗　这位大人不放过男人，不放过女人，也不放过孩子。
真不知他还有什么会放过的，只有天知道了。

公　爵　要是就这些恶行，你能找到一位证人，
（否则，相信你就不公平，他能发誓证明你的清白）
你就可以让你的愿望得到满足，
我也有了体面。

薇兰蒂　先生，我想根本不可能。
我有一个证人，他德行高尚，
他的话真实可信。

罗德里克　去，带他来。

[薇兰蒂下场]

亨利奎兹　这个满嘴谎话的小男孩要是见了阎王，
我有嘴也说不清了。

罗德里克　不会的，我是他的保证人。

亨利奎兹　再明白不过了，你们合伙陷害我。

罗德里克　现在的情形似乎是，
他曾在你左右听你使唤。
弟弟，这里有一封信，
（也许拿出来可以证明他与我的清白）
信上的字是你所为，
谈及的内容是爱情，

他说，他能解释清楚。

卡米罗 物以类聚，

年轻的鸭子。

亨利奎兹 这谎话编造得都使我晕头转向了！

公　爵 罗德里克，给大家读一下。

罗德里克 [*朗读*]

你我须谨慎，要忘掉两人之间的失礼之举。我本人已向前一步，去领悟这种智慧……

亨利奎兹 别读了，先生。

[*旁白*]我写给薇兰蒂的话！

公　爵 继续读。

亨利奎兹 我德高望重的父亲大人，宽恕我吧。

我承认我写过这封信，

（这封信的内容琐碎，不值得进入您的耳朵）

这个年轻人，装神弄鬼，

这封信怎么到了这个家伙手里。

太奇怪了，以我的出身及家族的荣誉担保，

这个跟班的长相直至目前，我都不认识。

罗德里克 别扯得太远，抱怨个没完，

你为什么要欺负一个小孩？

亨利奎兹 得了。

你俩之间的友情不至于要追究我欺负他。

你要是真的挑事，我不再承认你我之间的关系。

你这样做就是陷我于不义。

罗德里克 不至于这样。你只是一个孩子。

这里来了一位证人，他能为你作证。仅此而已。

[伪装后的朱利奥上台，薇兰蒂一身女儿装]

亨利奎兹 又来了一个混蛋！

公　爵 住口！

亨利奎兹 [看到薇兰蒂]

好！

公　爵 怎么了？

亨利奎兹 [旁白]

讨债的人来了，这是深受伤害的薇兰蒂。

罗德里克 先生，谁陷入不义之事？

卡米罗 [对亨利奎兹说]

这不是那位书童吗？

罗德里克 一位曾为他鞍前马后的人，

他也付出了酬谢，但是，他背弃了他俩的约定。

薇兰蒂 大人，我来这里，不是要伤害你。

你的至纯之情在背叛我后已消亡殆尽，

随之而去的还有我对这种情感的要求，

我只是不愿衰老而死，还背着污名。

要保护我的清白，会损伤你的信誉，

在咽气之时我会说亨利奎兹高尚体面。

亨利奎兹 [旁白]

羞耻难当，名誉受损，这种冲击

在我的胸膛中升腾而起——

但是，终究声誉重要。

她看上去与我欺负她时一样美丽，一样纯真。

[对薇兰蒂说]

品德高尚的薇兰蒂，

我求之不得，——你还敢爱他吗？

一个像我一样失信寡义的人。

我知道，你爱我。

因而，因而，因而，

[吻薇兰蒂]

印上我永远不变的懊悔，

让天下的男人在此都能看到。

我的德高望重的父亲大人，

宽恕我，用你的准许让我信心满满，

这就是我的妻子。

我不会再另选她人了，即使是个女王也不换。

卡米罗 新变化。伯纳德不看好这事。

亨利奎兹 美丽的莉奥诺娜，宽恕我，

我强迫我的朋友朱利奥离开了你贞节的臂膀。

向他尽情地表达你圣洁的誓言让他享用，

他是最值得这些誓言的人。

若是他在现场，我向他认错，坦陈我的卑鄙，

请他宽恕。

我的薇兰蒂，你得寡居独住：

我立誓离家前往朝圣，

直至朱利奥感到高兴，

我才回还。

卡米罗 这些话语都将我融化了。

罗德里克 弟弟，我要阻止你的朝圣之旅。

[将乔装打扮的朱利奥带上]

贞淑的女士，

你认识这位诚实之人吗？

莉奥诺娜 哎呀！

大人，我的思绪万千！

他的面庞让我想起来我朝思暮想的人儿。

他怎么这样看着我！

可怜的人儿，怎么哭了。

等一下，不会是——

他的眼睛，他的五官，体型，还有动作都那么像。

但愿他能说几句话。

朱利奥 [卸下伪装]

莉奥诺娜！

莉奥诺娜 真是他。

让人喜不自禁。

[俩人拥抱在一起]

卡米罗 发生了什么事？

罗德里克 让他俩自己待一会儿。

他俩几乎都渴望着相互的亲吻。

卡米罗 大家保持四十英尺的距离，不要打扰。

你俩都心满意足了。他是谁，大人？

他是谁？

罗德里克 肯定是要当你儿子的人。

卡米罗 难道是魔鬼不成！

罗德里克 如果他是魔鬼，你就是魔鬼的父亲。

卡米罗 请允许我打扰一小会儿，你是朱利奥吗？

朱利奥 [双膝跪地]

我担负的责任告诉我，我是，先生。

尽管我双膝跪地，但是爱意已将我围绕。

[起身，拥抱莉奥诺娜]

莉奥诺娜，我是再一次与你相拥吗？

卡米罗 抱一次，去吧。

我不会打扰你的热吻。

莉奥诺娜 公道自在，最终为我们的爱情加冕。

朱利奥，想一想，暴风雨现在已过去了，

尽管苦涩的艰辛有一段让希望几近破碎，

相爱的人们只要坚定信念，相互间立誓永远，

天庭之上的天使，仍站立在金光的护墙上，

会竖耳倾听他们的爱情誓言，

一定会保送爱情登上永恒的王座。

公　爵 你们爱得深远，我们仍要让你们携手，

这是天意，不是我们的薄力使然。

[对亨利奎兹说]

孩子，请求他的原谅吧。

朱利奥 先生，他已请求过了。

发生的过错都是因爱而起，不是他的问题。

亨利奎兹　勇敢、大度的朱利奥！

过去对你的高大之情怀深有感触，也非常称赞，

只是激情让我迷失了双眼。

我的朋友，我再一次真心诚意保证，

不会再次做对不起你的事。

兄弟……

罗德里克　拥抱可以摒弃前嫌。

公　爵　我必须弥补我儿的一些过失，

在你方便之时，朱利奥，你回到宫里来吧。

薇兰蒂，（我认识你了）

我要欠账还钱。

你的父亲，年迈但值得尊敬，

曾经我被野猪追赶，他救我一命。

他的行为，你的美德，

都配得上你称我为父，尽管你出身不高。

这是真诚与美好的姻缘，

堪比血统之亲。大家都满意吗？

[将薇兰蒂交与亨利奎兹]

卡米罗　大家满意。

亨利奎兹

唐·伯纳德　都满意，先生。

公　爵　我特别满意。

走，回宫去。

路途不远，你们爱情圆满。

我深信，这些都可以避免大家以后游荡不归。
在宫中，我要隆重、大方地给各位举办婚礼，
表达我的喜悦之情，
让那些罹患爱情之苦的人，读懂各位的故事，
祝愿真爱都心想事成，尽管道路曲折。

[大幕落下]

全剧终

后记

一朋友撰写

上苍有意阻隔我们，

不得见这些旧时的剧作，

让我们远离伊丽莎白时期守卫道德的诗人！

他们依据道德法则写剧，不顾其他，

却把强暴写得可怖如同谋杀。

现代人的智慧，更多地去用诗歌赞美自然，

俏皮地暗示自己知道得更多。

有人总说：“剧中的故事不是凶杀谋命，

此类陈旧的故事人们经常听说，

我们不觉得奇怪，

在这些故事中，

守节妇人众多，她们历经百种变故。

薇兰蒂忧伤凄苦，

不懂她的不幸，我们现代人就会犯错，

不是因为她遭受了非礼，而是她被人抛弃。”

若是此事放到当代的舞台，

她的举止也许是抄袭旧时的版本。
她也许犯有一点小错，
但仍然优雅地不胡言乱语，
最终尽管面色阴郁，
还是如其他姑娘一样走入了洞房。
要是有哪位尊敬的大人责备她的所为，
她会直接打断：“你怎么知道这一切？
不要质疑我的美德！你的目的卑鄙龌龊。
先生，这一点你根本不懂。”
赞美上苍，
我们时代的美德，
让那些可怖的权贵远离罪行。
非礼，魔幻，新潮的观念，
充满我们的史书，
而在现实，这些全都消失。
这个正在发生变化的时代，
可以自豪地宣称，
既娶妻又纳妾的婚姻一去不返。
人们知道，娶妻再多，
一位就足够丈夫忙活。
随意非礼女子，这种危险的日子也不会再有。
装束讲究的小伙，虽如同烈火，也很少莽撞行事。
在莎士比亚的时代，
英格兰的年轻人，总是受到莎翁的启发，
他们为爱情而战，为激发的情感而战，

是他们为莎翁加冕。

莎翁的神来之笔让那个辉煌时代的英雄魅力无穷，

使西班牙的高傲化归尘土，无地自容。